SU MAJESTAD PONE LA MÚSICA Víctor Hugo Martínez Bravo

La Cleta Cartonera

Cholula, Puebla

Colección Narrativa, no. 4

Su majestad pone la música
Víctor Hugo Martínez Bravo
Primera edición: 2015

info@lacletacartonera.org
lacletacartonera.org/

HAY UN cuarto de hostal en St. Pauli con tres escritores que jamás se han visto, que jamás se han leído. Un africano sentado en su cama, haciendo muecas agresivas y murmurando, maldiciendo a quién sabe quién. Una alemana de unos cincuenta años, autora de literatura infantil, con un diente negro, todo el tiempo en ropa interior, fingiendo doblar sus trapos mientras voltea con insistencia a las otras literas. Y el tercero, revisando unos apuntes en su libreta: un supuesto talento que poco a poco se fue arranciando hasta malograrse. ¿Qué hacen ahí juntos? Es una adivinanza, dice Octavio. Yo me quedo callado como otras veces. No me interesa Hamburgo ni me interesan ya los escritores. A él todavía. Sigue hablando pero yo ya lo perdí. Estoy sentado en mi silla de plástico, una silla horrorosa pero bastante cómoda, esperando a que entren las parejas y los que vienen solos. Aunque nadie entra aquí a esta hora. Nadie sale de sus casas. Al menos no a estas horas en que el sol castiga con tanta violencia. ¿Entonces qué hacen los tres escritores en ese cuarto? No sé. Adivina. El africano busca meterle a la escritora una punta de fierro en la nuca mientras el otro se sienta a disfrutar. Eso te gusta oír, ¿no? No, el escritor rancio se acerca a una litera, deja sus cosas bajo la cama y le hace la plática a la autora de literatura infantil. Wiebke le cuenta que está de viaje en Hamburgo para promocionar su libro de cuentos, y después de algunos chismes sobre autores alemanes, las confesiones: Wiebke conoce algunas personas en la ciudad, pero no tiene familia; sus hijos y su hombre ya no están con ella. Así se dice en alemán: su hombre. El escritor rancio busca algo de dinero en las bolsas del pantalón, toca los billetes discretamente y luego le propone una cerveza a Wiebke. El africano, desde su litera, los ve salir del cuarto, con un barniz de sangre en los ojos.

Frente a mí hay un cartel de estrenos, una máquina de refrescos, un espejo grande, para mirarse todo el cuerpo, y unas cortinas negras que evitan que se cuele la luz en de la sala. Octavio llega a veces muy temprano cuando las cortinas todavía están levantadas, Marta apenas comienza a ponerle el pinol al agua de trapear y doña Elvira todavía no trae las tortas de tamal y el atole. Pero a veces Octavio no llega y puedo estar tranquilo en mi silla con un periódico, escribiendo en mi libreta o cruzando alguna palabra con Marta cuando baja de limpiar los baños, incluso a veces, cuando no hay gente, es posible jugar a las cartas en la caja con doña Elvira. Y hoy, como dije, estoy sentado en mi silla de plástico y doña Elvira en su silla de cuero. Marta no está, aunque a esta hora podría estar en cuclillas tallando el interior de un WC. Quizá Marta, arriba, entre el olor a mierda y sonriendo, te imaginó alguna vez frente al periódico. No digas mamadas, Octavio. Sí, y quizá hizo esa cara que hacían las chavitas cuando les contabas cómo habías comenzado a dar clases. Este tipo de comentarios se le ocurren siempre a Octavio. Le invito de mi atole para que se calle y luego voy hacia la caja de doña Elvira.

Habrá en la caja unos ciento cincuenta en puras de a peso. A veces ella me pide que le ayude a contar lo que lleva y dice pinche madre ya me perdí y comienza de nuevo, con labios y dedos más lentos, repasando con las yemas cada moneda, como si en algún futuro próximo las ganancias le pudieran pertenecer, o como si lo que le preocupara o al menos le interesara no fuese sólo cobrar y dar cambio, sino testimoniar la evolución sebosa, la adaptación porcina del patrón y de su puta raza al maravilloso sistema económico global. Pero son más bien las uñas de doña Elvira lo que llama la atención cuando repasa las sorjuanas, los morelos y los juárez de papel o los pares de espadas que a veces tiene en la mano. Uñas grandes, gruesas y además pintadas de colores chillones. Contrastan con su discreción y silencio detrás de la caja. Hablando de uñas, un amigo que estuvo seis meses encerrado me contó una vez que ahí adentro conoció a un interno que tenía las uñas de los pies larguísimas y afiladas y que andaba descalzo todo el tiempo, fantaseando con degollar a alguien de una patada. El interno no duró más de medio año porque allí adentro se cumplía cabalmente con la máxima de La Rochefoucauld sobre la distinción del espíritu, que supone, según el noble, pensar cosas honestas y delicadas.

El diente negro de Wiebke era el motor de la conversación, evidentemente no porque se discurriera todo el tiempo sobre su limpieza o se contaran anécdotas de dentistas o dolores de muelas, sino porque ese diente en particular era el dispositivo que lograba interesar al rancio en las palabras de la alemana, como siempre le ocurría al relacionar la singularidad corporal de un individuo con la importancia de su discurso. Wiebke y el rancio sentados en un bar en el puerto tomando cerveza y preguntándose lo usual, lugares comunes que los dos siempre supieron de ambos países, costumbres regionales archiconocidas, y además comiendo pescado frito y papas grasientas, hablando por hablar: en realidad no les interesaba conocer nada del otro, sólo hacer ruido para asegurarse de que, si bien ambos eran retazos de carne con hueso, eran también pescuezos y chuletas *acompañados*. Una mentira asquerosa, el peor crimen que se comete contra los niños en sus primeros años. Una res o un guajolote acompañan igual, no sé si me explico. Más o menos, le contesto a Octavio y me levanto de mi silla y me asomo a la calle. El lugar está muerto. La una y ya salen los de la secundaria. Falda a cuadros, suéter color caca y calcetas a las rodillas. Ninguna voltea. Nadie mira en esta dirección cuando estoy parado en la puerta. Pero a veces, desde adentro, los veo acercarse a las carteleras con esos ojos del puerco ante el cuchillo. Y Octavio se ríe porque recuerda que Marta siempre lo hace. La que en cambio permanece impasible es Doña Elvira, quizá por ya haber visto aquello tantas veces o porque su tiempo aquí le ha revelado todo lo que hay que conocer sobre el comportamiento de los hombres, como dirían los antiguos.

El sistema nos salvó del mundo académico y nos invitó a las calles y nos volvió emprendedores, pequeños empresarios, vendedores de juguetes de los hijos, de las reliquias familiares, de los pianos y los culos de las esposas. A mis compañeros más atolondrados y conservadores *el sistema* les inyectó más mierda, pero ahora en las venas, en la nariz y en los cerebros y los transformó en monos insurrectos y delirantes, bestias que planeaban todo el tiempo poner bombas en la Secretaría de Hacienda, que hacían mapas de las salidas y puertas de acceso a Los Pinos. Gente medianamente educada que nunca se dio cuenta de que *el sistema* fabrica a los rebeldes, que los necesita para constituirse como *la razón* frente a la brutalidad. Pero pensar en eso ahora resulta inconveniente. Algunos se fueron de cartoneros, peones o albañiles, pero aspirando sólo a chalanes: no sabían un carajo del arte macuarril, del repellado, de la mezcla, de las mañas para cargar bultos de cemento y las manos partidas por la cal. Tú tuviste mucha suerte, dice Octavio, una secundaria oficial llena de niñas sintiendo ya el hormigueo entre los muslos; perniles y jamones fabulosos que no podías tocar pero que estaban allí como tablas de salvación ante el moho de tu incipiente madurez. Trabajo para retrasados mentales, tres horas de clases al día y lo demás: reuniones, comidas, coqueteos, calzones de maestras, vales de despensa, sueldos para sobrevivir. Pero tuviste que dejarlo. ¿Por qué tuviste que venir a aplastarte todo el día en tu silla horrorosa?

I

EN LA fotografía hay cuatro niños, de nueve, siete, cuatro y dos. Zapatos rajados al frente, ropa carcomida pero limpia. El mito clásico del niño proletario encarnado en cuatro figuras sin importancia y que, si se piensa bien, no aportarán gran cosa a nadie cuando crezcan. Cuatro cuchilladas en el pulmón de la ciudad, cuatro astillas de rencor envueltas en pantaloncitos a cuadros. Y sin embargo, sonríen a la cámara, no con la risa *limpia* que algunos adjudican ciegamente a los niños: con risas que delatan, si bien no una crueldad congénita, sí mayor familiaridad con las estrategias de supervivencia del barrio bajo. Pero esas cuatro imágenes sólo parecen funcionar para alumbrar a otra, que aunque no aparece como tal en la foto, estará presente en esa y otras fotografías posteriores, en la configuración misma de esas cuatro figuras en la adultez: el que sostiene la cámara y asume el papel de fotógrafo, de voyeur, como pretexto frente al rechazo que siente hacia aquella práctica que obliga a la pose, a la relajación fingida. Siempre que hay una cámara enfrente surge aquella necesidad paradójica de ser reconocibles a los demás, pero invariablemente como la mejor versión de uno mismo, es decir: la necesidad de transformarnos por completo. Para la otra figura, en cambio, aquella que nunca se ve en las fotos, no es el que posa sino el que sostiene la cámara, mediante la oblicuidad de la mirada, quien modifica la realidad de los fotografiados. A partir de allí, es como si comenzaran a hincharse el cerebro y la lengua, y creciera un relato, como un tumor al acecho. Por la simple asociación. Por ejemplo: el de once ya no tiene once sino cincuentaiocho y ya no toma fotos para sus hermanos mordidos por las cobras de la pobreza; está metido en botas, gorra, cubreboca y uniforme de papel azul cielo y se lava las manos hasta el codo, primero con jabón, después con ese antiséptico rojo que le escurre por todo el pellejo de los brazos. Luego vienen los guantes y el placer inefable ante el brillo de los instrumentos en la caja: una orquesta de cuchillos, cinceles y taladros para destruir la piel y los huesos; toda la belleza y el arte expuestos en una caja de metal y un cuerpo inconsciente sobre la plancha.

Las dos o tres de la tarde. Todavía es muy temprano porque el tiempo aquí corre menos que afuera, "por eso me vine a aplastar todo el día a la silla, Octavio", me gustaría contestarle. Pero no muevo la boca, siempre intento evitar discutir con Octavio frente a doña Elvira. Además, en realidad no es que esté sentado todo el día. Por las mañanas o cuando no hay gente, ayudo a doña Elvira a hacer cuentas y a Marta a limpiar vidrios o a recoger papeles sucios. Y además están mis rondas por todo el lugar, vigilando "desperfectos", sancionando actos ilícitos, cuidando de la integridad de los espectadores que sólo quieren ir a mirar o que al menos eso quieren hacer creer.

Me levanto y voy de nuevo a la puerta. Es una calle transitada y la gente camina por la banqueta frente a mí, buscando algo dentro de sus bolsillos, revisando llamadas en el celular o fingiendo interés en el coche que cruza por la esquina. Pero siempre apurando el paso y evitando mi mirada.

A lo lejos, una pareja de clientes frecuentes. Lo sé no porque conozca sus caras, sino porque sus pasos delatan familiaridad con estas calles y sus gestos la indiferencia de aquellos que se han decidido a entrar desde hace tiempo. Mientras caminan quizá hablen de recibos de luz o del agua que hay que pagar, de juntas de la escuela del hijo a las que hay que asistir. Y finalmente llegan a la puerta y apenas me miran; pasan directo con doña Elvira y luego regresan hacia mi silla para que les corte sus boletos: sección de parejas subiendo las escaleras a mano izquierda, les digo, y antes de desaparecer por las escaleras me dicen gracias, pero la indiferencia es mayor, como si no se dirigieran a mí sino a ellos mismos.

Para no aburrirme, traigo algunos libros de historia que intercambio con doña Elvira. Libros que no hojeaba desde que daba clases y otros que he conseguido después y en los que ella dice estar interesada. Su profesora de la escuela nocturna le recomienda "devorar todos los libros que se le atraviesen" y ella, a sus sesentaicuatro, intenta cumplir con el objetivo. Tanto tiempo desperdiciado en cocinar para mi marido, en chillar con las telenovelas, pudiendo pasarlo con Michelet, con Braudel o con González y González, dijo alguna vez, poco antes de que Marta me llamara para ayudarle a mover un sillón.

Hamburgo es una tierra de leprosos, es el perro que te va comiendo el cuero hasta dejarte en lo rojo de la carne, es el hijo maldito que te vende por unos cigarros; el macho al que quieres y que dejas que te dome a su antojo, que te putee de lo lindo porque sabes que él es tu droga, que te tiene enganchada. Por eso regresé a este laberinto de enfermos y de podridos, dijo Wiebke con esa sonrisa de coyote. *¿Verrottet?*, se quedó pensando el rancio desde su asiento. ¿Qué significa que alguien esté podrido? ¿Que ya no hay manera de que dicho individuo regrese a su estado original de frescura, de salud o prodigalidad? ¿Significa que el sujeto está condenado a permanecer en la ruindad a la que el tiempo lo obligó? ¿Que finalmente se comprobó que es un idiota y que todo el talento que le había sido atribuido fueron puras luces de burdel? Eso se preguntaba en aquel momento el rancio, me dice Octavio. Y luego continúa: dos libritos publicados por el rancio en pequeñas editoriales hace tiempo desaparecidas contra cincuenta y tantos "éxitos globales" de Wiebke. Dos libritos deformes, dos monstruos hundidos en el silencio al que la mayoría se ve obligado, sin una lectura, una reseña o comentario; pero también dos libros de extrañeza involuntaria, que, a diferencia de muchos, no esperaban erigirse como "buena literatura" o saltar al cuello del editor o crítico apelando a su carácter de malditos o raros. En principio, ¿qué quiere decir "buena literatura" en nuestros días?, me pregunta Octavio. Nadie sabe qué quiere decir hacer buena literatura hoy, dijo Wiebke, mientras al rancio le venía aquello de algunas veces: estaba sentado frente a una mujer en un bar bastante turístico de St. Pauli, muy cerca de unas putas en Reeperbahn, pero él *sabía* que, en el fondo, todo era un engaño, que realmente no era St. Pauli sino todavía el hostal donde conversaba con la mujer y había un negro demente acostado, observándolos desde su litera. Pero como quieras, me dice Octavio, si quieres, para que no se complique la cosa, ponemos que el rancio y Wiebke están en el bar de St. Pauli. Es posible que el negro los hubiera seguido y luego se hubiera sentado con ellos, o que ellos le hubieran invitado una cerveza antes de salir del cuarto, o que la plática de los tres en el bar hubiera ocurrido al día siguiente, una vez que ya todos conocían fragmentos de sus vidas. Si no, ¿cómo es que Wiebke y el rancio pudieron conocer algo de la historia del negro? Dice que viene por un contrato con Radio Hamburgo, posiblemente haya comentado Wiebke. ¿De locutor? Jaja, no, ¿cómo crees que el negro? ¿Por qué no? Porque no habla nunca con personas, sólo se comunica desde aquí con su madre en Tanzania a base de murmullos, jaja. Dice que está poseído por el espíritu de un escritor alemán de la Colonia que le dicta las líneas de sus textos, dijo Wiebke mientras el rancio analizaba los detalles de su cara. Una cara muy blanca con algunas marcas de barros mal reventados, una cara con arrugas leves y mucho maquillaje que la hacía ver vulgar pero que a la vez te decía que fue un tormento para los hombres. Esa frase tan repugnante pronuncia Octavio: "un tormento para los hombres". La historia de Wiebke es simple y aburrida por su semejanza con tantas otras: una mujer bastante inteligente y atractiva que nunca encontró el justo medio de las cosas, que siempre tendió al exceso.

Para empezar, me veo a los cinco años, camino de la mano de un señor que no tiene cara, dijo Wiebke, traigo un vestido amarillo de flores y unos zapatos espantosos, pero que todos me habían dicho que se veían bonitos, el señor huele bien al principio, abre la puerta y subimos las escaleras. Entramos a la casa y no hay nadie, luego hay un espacio en blanco y luego tengo en la boca la cosa del señor y una mano tomando mi coleta, espacio en blanco y luego la cara del señor es chistosa y luego una mano del señor adentro de mi vestido, mi ropa interior, espacio en blanco, estoy aburrida, la carne del señor sabe a queso, espacio en blanco, siento que algo explota abajo y todo se pone negro y me quedo dormida, espacio en blanco, y luego aparece la cara del señor, una cara que se sabe bastante cercana pero que no se puede nombrar en ese momento porque no existe un vocabulario para hacerlo, o si existe no lo conozco. Estoy limpiando las manchas del sillón y el señor dice con mucha calma, con mucha bondad: ¿ya ves?, ¿ya ves lo que pasó, mi amor?, y luego: límpiale y no le digas nada a tu mamá para que no te regañe. Espacio en blanco y un dolor abajo y manchas rojas y luego la madre enojada conmigo y luego la abuela queriendo envenenar a mi padre. Espacio en blanco. La cara de mi madre se desfigura diciendo que yo tengo la culpa de que mi padre se haya largado con la otra mujer. Por puta. Espacio en blanco. Ocho o nueve años, mi madre me quiere colgar con un cable de luz porque le robé algunos marcos. Te voy a mandar a la RDA para que aprendas a vivir como la puerca que eres. Espacio en blanco, el cuerpito sacudido a patadas en el suelo, espacio en blanco, un pastel de cumpleaños y una muñeca que me regala mi madre, espacio en blanco, la cara de mi abuela: vas a vivir conmigo, tu mamá tuvo que irse. Luego aparezco de diecisiete, con un montón de muchachos siguiéndome como moscas por el salón, el patio, las canchas, la puerta de salida, prendiéndome el cigarro. Lamentables. Quizá yo comenzaba a ser un bicho hermoso. Al menos un bicho consciente del poder escondido entre sus piernas.

II

HAY UNA imagen que se le aparece antes de comenzar a destrozar el cráneo de quien está inconsciente sobre la plancha: Evgeny Kissin, la bestia rusa de dieciséis años, unos momentos antes de comenzar el Concierto para piano y orquesta número 1 de Tchaikovsky en Salzburgo, bajo la dirección y arrogancia del abuelo Von Karajan. Aparece Kissin como un niño con afro incapaz de rozar la elegancia a pesar del smoking, el tronco erguido y las caravanas al público. A diferencia de otros músicos mediocres, una de las urgencias de los genios como Kissin es la elegancia. Así que, entonces, la gente se tiene que conformar con lo que sobra: la pura exquisitez técnica. Pero quizá se exagere: en ese concierto no sólo se ostentó la calidad interpretativa, horas de práctica o la capacidad de conjunción de los músicos: también se actualizó la noción del genio individual capaz de perturbar al público entero, de alterar incluso a quien no tenía una idea de la música, como aquel que años más tarde estaría, como tantas otras ocasiones, frente a un cráneo rapado y el filo plateado entre los dedos. Pero regresemos a Kissin, sentado en el banco frente al piano después de haberle dado la mano al viejo y haberla retirado de inmediato, al sentir la excitación galvanizante de sus dedos, con la sutileza de quien retira la mano de un cable de luz. Kissin, sentado con la confianza disimulada del que se sabe a punto de hacer algo grande, esperando el movimiento narcotizante de la batuta de Karajan. Después la vista se nubla y aparece la imagen de un enano enloquecido apuñalando el piano con técnica soberbia, un enano que en el fondo hace enojar al público por su despliegue de insolencia, por sonar a esa edad de ese modo. Y una imagen más: la de los poderosos acordes finales que cierran con el puño amenazante de Karajan y el cuerpo convulso por la exaltación, y luego el final repulsivo: el beso al aire que Karajan le manda a Kissin, las lágrimas del viejo enjugadas con un pañuelo y por fin la articulación de la palabra lisa, insignificante, mil veces escuchada por Kissin: "Genio, genio".

Eso, aquella cacareada "puesta en escena" del concierto de Karajan y Kissin, tenía que aparecer justo cuando se anticipa el placer de separar el cráneo con el instrumental. Por pura asociación. Por ejemplo: porque un instrumental recién lavado, desinfectado y en orden remite de algún modo a la "limpieza" de sonido exhibida por los músicos aquella noche en Salzburgo, adonde quizá acudió quien está a punto de fragmentar un hueso de la cabeza —lo llamaremos de aquí en adelante 27— aprovechando una invitación a un curso o congreso de neurocirugía. Pero cabe también otra posibilidad. Que 27 nunca estuvo en Salzburgo ni escuchó jamás a

Kissin en vivo, sino que vio todo por la tele. O incluso, que años más tarde, por casualidad o porque un amigo músico comentó algo del "famoso concierto", vio solamente algunos fragmentos del video.

No obstante, puede ser mucho más sencillo: el pelo rasurado de la cabeza y los todavía distinguibles rasgos faciales del que está tirado sobre la plancha se oponen a los de Kissin, pero el comportamiento de uno y otro —afectados por impulsividad juvenil— se manifiesta de manera muy parecida en ambos, piensa ingenuamente 27, influido por la plática que tuvo con los familiares del paciente antes de entrar al quirófano. Según ellos, Bernardo toca el redoble para fiestas y bodas en Zacapoaxtla y sus pueblos aledaños. A pesar de ser músico, rara vez toma aguardiente, cerveza o pitallita salvaje. Un ejemplo de responsabilidad y lucidez que fue pagado por Nuestro Señor con un accidente arriba de un camión de redilas al volver con su conjunto de tocar en Santo Niño el Grande, en boda de uno bien cargado, tupido, un ricardo con fierro caliente y hectáreas y hectáreas de maldá, y mijo iba arriba del camión sin pena, pero los otros, sobre todo el chofer, vían ya doble, tenían yal veneno en sus corazones y en una curva la cabeza de mijo se fue pabajo del camión y le golpió con la carretera y lo arrastró varios metros polcamino. Cuando lo recogieron sólo tenía la mitá de la cara, lotra era un revoltijo de carne cruda y piedra negra.

En el quirófano, la media cara dormida le refuerza a 27, encaprichándose como hembrita con la teoría fisonómica lombrosiana, la idea de que el indio también pudo haber sido un genio, de que si bien jamás accedería como Kissin a estudiar con alguien como Anna Kantor, aquellos rasgos faciales distinguibles eran la clara muestra de una impresionante actividad neuronal, lo que se demostraría —incluso él podría tomarse la molestia— mediante un posterior estudio de la estructura molecular del cerebro del indio. Pero, por lo pronto, hay que enfocarse en decir que hay un instrumental esterilizado, algunos sujetos con cubrebocas y trajes azules rodeando a 27, una media cara desgarrada, ya entumecida por un staccato de remifentanilo, y luego el silencio previo al primer movimiento, la espera de la señal para adentrarse en lo sublime.

ESTO PASÓ cuando todavía cerrábamos temprano entre semana, hace mucho. Un martes o miércoles como a las diez y media. Estaba esperando la combi pero no llegaba. Comencé a desesperarme. Ningún camión o micro. Tenía sueño y hambre. Como a las once me convencí de que algo había pasado con el transporte público, alguna huelga, un atentado. Caminé al centro y en una callecita negra me detuve en un puesto de tacos y pedí. Había tres albañiles esperando de pie. Les dije buenas noches. Respondieron. El único sonido era el del cuchillo del taquero contra la tabla. Después de un rato, nos entregaron los pedidos. Mientras comíamos en silencio, el taquero picaba más carne, rápido arriba y abajo con el poder de su machetito. Pensé en Marta, estaría cenando con su mamá, platicándole de los pendejos que a veces llegan al cine. Yo también tenía que marcarles algún día a mis padres, a mi hermana. Contarles algo. ¿Por qué tuviste que alejarte?, dijo la última vez mi madre. Y el taquero arriba y luego abajo, como todos los imperios del mundo, como las parejas primerizas en el cine. Como el recorrido de mi propia historia. Arriba y luego abajo, el taquero deshilaba fino la tela de la carne y yo pensaba en Marta. No en su cara, en sus manos ni en sus ojos de animal apaleado, de bestia cansada de trabajo. Fea, ignorante y jodida, con esas muñecas morenas que eran campos de labranza llenas de surcos blancos por donde muchas veces corrió un estilete o una gillette, y su bolsa siempre llena de porquerías se abría para ti, para ofrecerse por completo: una manzana, un bote de activo o una estopa con thinner. Pensaba en Marta y en su plática elemental y en su fácil disposición a meterle una punta de fierro al primero que le torciera la boca. Vista de ese modo, Marta era sólo una vagabunda que limpiaba baños. Pero una vagabunda que me calentaba la sangre, que parecía tenerme enyerbado. Y aquí viene la cosa: después de pensar esto último, uno de los parados rompió el silencio y contó a los otros albañiles que en su pueblo a él lo habían embrujado muchas veces. Contó que su mujer a veces le desaparecía la riata. Una hembra celosa. Cada vez que él iba a orinar en un baile o fiesta en la que ella no estaba, se buscaba dentro de los pantalones y nunca se hallaba el pellejo. Sólo veía un pequeño orificio de donde brincaba la orina. Tenía que mear como perra. Cuando regresaba a su casa, la mujer dormía. Luego hurgaba dentro de sus pantalones y el miembro aparecía de nuevo en su lugar. Eso fue lo que contó mientras los otros asentían con naturalidad, sin interés, sin rastro de escepticismo o ironía, como si aquello no fuese una puntada de albañil o la invitación a un pacto fantástico sino la expresión de una verdad cotidiana. Luego pagué, me di la vuelta y me fui pensando en que mi existencia se reducía a eso: la pura voluntad de asociación de elementos extraños, la búsqueda de una estructura en la narración que pudiera dar coherencia a las escenas disparatadas de mi vida, como cuando, a partir de un lenguaje formal, se intenta organizar la simultaneidad de pensamientos que a veces nos abruman. Para ti aquellas estrategias son un placer necesario para la re-construcción de la memoria, dice Octavio. Pero no simplemente el deleite arqueológico de perforar las capas de lo vivido, sino la necesidad de urdir esa narración del pasado que, a partir del azar, de la asociación, otorgue sentido a tu presente. ¿Cómo sería ahora mi perspectiva sobre Marta si no recordara la manera en que la percibí en aquel momento, en aquel lugar, unida a aquel relato visiblemente inconexo?

Doña Elvira me llama para que pegue el cartel de estreno en la puerta. Me acerco, tiene mi libro de Ginzburg en las manos. Lo deja sobre el mostrador y me entrega un cartel amarillo con rojo. Me dice que está segu-ra que hoy va a llegar más gente a pesar de que el estreno sea mañana. A esta hora Marta seguiría arriba tallando la mierda, pero no estaría sola. La Trompa estaría platicando con ella. Si alguien las viera diría que son amigas. Pero más bien lo que pudiera unirlas es la oportunidad de una compasión recíproca. La pena de cada una por la otra y la ayuda ofrecida no serían más que ostentación de superioridad, afán por demostrarse que siempre hay alguien más enterrado que uno. Por las mañanas la Trompa es el ruco gordo que atiende el Oxxo y por las tardes es la señora que cobra a ochenta la mamada y a ciento cincuenta el palo. Deberías cobrar a cincuenta la mamada y a cien el palo, como todas. No por ser la única vestida te van a escoger más a ti, le explicaba Marta. Luego le decía, consolándola evidentemente, que su fracaso rotundo con los hombres, debido a su tremenda corpulencia, pelo abundante y rasgos monstruosos, no debía ser motivo para estar triste, que en lugar de eso debía idear otras estrategias para ser escogida. Todavía no eres tan vieja, decía Marta. Tienes ¿cuántos?, ¿cincuenta? Todavía aguantas. Pero estás jodida porque eres orgullosa y no quieres bajar tu tarifa, ni cuando te falta hasta para pagar tu comisión.

Una vez estuvimos Marta y yo tomando en casa de la Trompa. En ese entonces yo no la conocía tan bien. Nos enseñó un álbum asqueroso donde aparecía de niño en el bautizo de su hermano, otra foto de sus primeros dientes y una de su trajecito de la primera comunión. Nos mostraba con orgullo esas chingaderas. A los diez minutos yo me quería largar, pero a Marta le interesaba la chatarra ajena y por eso hice un esfuerzo. Ella preguntaba sobre ésta y la otra persona y la Trompa contestaba que el primo, el tío, la nuera. En una de las pocas fotos que valían la pena aparecía la Trompa de unos veinticinco, sudado, con guantes de box y una camiseta con la insignia anarquista. Evidentemente la Trompa no era ni es anarquista. Al menos no anarquista individualista inteligente. En primera, porque ningún anarquista individualista serio buscaría exteriorizar su pensamiento político e incluso suplirlo con pelo parado, ropa o imágenes. En segunda, porque, según la Trompa, su situación desesperada siempre lo ha volcado hacia la búsqueda de acumulación de capital, es decir, a servir imperiosamente al mejor postor, y le ha negado su autonomía individual. Lo que ocurrió es que algún entrenador le regalaría la camiseta o la compraría de segunda mano en un tianguis. Blanca con la A y el círculo de color rojo, sin mangas. La importancia de la foto radicaba en la fuerza, el arrojo inocente que chorreaba del muchacho, lo que alguien habría interpretado como una obstinación idiota de hacer explotar la maquinaria del capital o, en su caso, de llegar a Tijuana a pelear por el campeonato semipesado, y luego en el contraste con la imagen de la Trompa real, aquella figura decadente, sometida, que por puro orgullo quería cobrar a ochenta la mamada y que, desde luego, ya había renunciado a toda posibilidad de éxito en el boxeo. Últimamente he intentado ponerle una tranca en mi cabeza a esa foto, se ha convertido en un espejo demasiado molesto, de esos que nos recuerdan la facilidad con que llega a fundirse la imagen propia con la de los demás.

EL RANCIO tenía la mirada puesta en el cuaderno que traía Wiebke en las manos. Un cuaderno azul, grueso, que luego dejó ella sobre la mesa como un coqueteo inadvertido, una tentación morbosa para el rancio. Y ya a esa edad, de diecisiete, comienzo a tomar anfetas y desarrollo hipergrafía. Escribo en todos lados, me dice Octavio que contó Wiebke. Al principio es una incapacidad de contener las palabras, un chorrillo verbal. No una obsesión por "comunicar" ideas, sino lanzar palabras al ruedo para que se encuentren, o más bien un empeño por enmarañar-las entre sí como cuerdas que, si bien pudieron haber sido trenzadas con precisión para crear redes simétricas, prefirieron la voluntad de la cir-cunstancia.Estoy desempleada y vivo con mi abuela, quien me mantiene. Soy una auténtica *Nesthocker*. El dinero lo gasto en libros y en mandar cartas amenazantes y paquetes con pájaros o ratones muertos a Berlín, donde vive mi madre. A los diecinueve publico mi primer libro de memorias titulado *Feind+Schwein=Mama*. Cincuenta ejemplares que regalo a mis amigos. A un editor que sabe navegar en los bajos fondos de Hamburgo le llega el li-bro y me contacta. Me propone seguir haciendo "literatura del subsuelo". Así dice el idiota: "literatura del subsuelo". No lo niego, conocía bien su negocio, sabía vender aquello que él llamaba la contracultura de Ham-burgo. Tenía contacto con otros editores, críticos, revistas, periódicos, librerías, cafés y así lograba crear un circuito mercantil en el que yo fungía como pequeño eslabón entre las "experiencias de la miseria" de la ciudad y el capricho pseudointelectual de los ocasionales lectores neoliberales, consumidores del Spiegel. Fue una buena asociación, dijo Wiebke con una risa que dejaba ver el diente negro, el resto del huitlacoche guisado, pensó el rancio mientras volteaba a las calles, al movimiento constante de turistas que pasaban con sus polaroids para captar Hamburgo "en su sordidez verdadera", y más importante aún, rápido y sin tener que meter las manos. Para todo lo demás existe Masterwank. Qué pendejo eres, Octavio, digo y me levanto sonriendo hacia la máquina del café. Octavio me sigue. Doña Elvira me mira desconcertada desde la caja. Es como Marta o la Trompa. Entienden poco los chistes de Octavio. Me sirvo el café y le invito un trago a Octavio. Dice que el café lo altera. No recuerdo si siempre me ha dicho lo mismo.

Después vino la precisión, la voluntad de contar una historia de manera simple y contundente, no sé si me entiendes. En ese entonces comienzo a aborrecer la pirueta verbal, las estructuras narrativas delirantes, aunque sigo escribiendo sobre aquellos "bajos fondos", pero ahora la técnica es sobria, una conversación de vecino culto. En parte porque aquello vende bien, según mi editor, y en parte porque empiezo a asociar la austeridad con la madurez narrativa. ¿Y qué podría ser más maduro que preocuparme ya de vieja por escribir para niños? Nada más maduro que pensar la literatura no como un acto de rebeldía, de erudición o de consuelo frente al sufrimiento causado por la pobreza, la enfermedad o la muerte cercana, sino como un instrumento para enseñar el buen comportamiento al futuro ciudadano, para la formación de sensibilidades alejadas de la violencia y el desorden público, pero por supuesto, eliminando aquel aspecto ideológico y el ejercicio del poder que escondía gran parte de la literatura en esos países horribles como el tuyo, dijo Wiebke. Te lo digo yo, que viví toda mi juventud en el desorden, entre yonkis, padrotes, ratas y pura fatalidad, pues a mis veinticuatro vi retorcerse de cáncer a mi abuela, y después de enterrarla mi madre regresó con su novio para botarme de la casa que mi viejita me había heredado. Le pedí a mi editor que me pagara un cuarto y me adelantara algo de dinero. No tenía para un abogado, entonces dejé las anfetas y conseguí un trabajo de gata de hotel. Ahí comencé a sentirme como la Justine de Sade, de aquí para allá intentando defender la virtud en un mundo infestado de hijos de su chingada madre, jaja. Octavio se interrumpe para mirar hacia las escaleras, donde la Trompa viene bajando con una foto que le hizo algu-na vez a Marta en traje de baño. Se acerca y nos muestra la foto con júbilo. Aprovecha la ausencia de Marta para criticarla. Nos quedamos mirando las piernas en la imagen. Cómo te puede gustar esa pinche vieja deforme, me dice Octavio en voz muy baja.

III

Era un caballo rojo, galopando sobre el inmenso río.
Era un caballo rojo, colorado, colorado
"como la sangre que corre cuando matan a un venado".
Era un caballo rojo, con las patas manchadas de angustioso cobalto.
Agonizó en el río a los pocos minutos. Murió en el río.
La noche fue su tumba. Tumba de seco mármol
y nubes pisoteadas.
E. H.

Así ES, después del primer corte, el alazán brinca despavorido y comienza su galope aterrador, desbocando toda su nobleza sobre la tersura de los guantes, la pulcritud del uniforme. Es un caballo rojo como los demás, pero si bien 27 los ve galopar a diario sobre su uniforme quirúrgico, no todos los días nota en ellos tanto ímpetu. Éste es un caballo indomable; enloquece al primer tajo y no se detendrá en toda la tarde. Pero eso no lo sabrá hasta después. 27 comienza con muchas dificultades la destrucción del parietal del Evgeny Kissin de Zacapoaxtla. Por algún motivo evolutivo, para la conservación de ese cerebro privilegiado, la naturaleza otorgó al muchacho un hueso dos veces más grueso que el promedio. Pero no hay nada que el taladro y la broca no puedan arreglar. El ayudante revisa la conexión de las computadoras y la pantalla donde se proyectan las imágenes del endoscopio que 27 lleva para la cirugía. Estos hospitales del estado seguirán siendo una desgracia. Aquí uno debe traer su instrumental porque siempre faltan succionadores, paquetes de sutura, cauterizadores. Aquí uno pide a las enfermeras unas pinzas de sostén y recibe unas pinzas de tejido, y cuando se piden unas dentadas te dan unas hemostáticas, unas Allis o Babcock. Aquí uno tiene que hacer ver a las enfermeras su realidad miserable, tiene uno que despabilarlas, enseñarles a diferenciar unas tijeras de disección de unas tijeras de hilo. Y los estudiantes de medicina. La peor estirpe. Sin amor propio, doblándose como chivitos ante cualquier jerarquía, soportando las humillaciones con tal de trepar aquella "escalera del éxito" y no a partir del conocimiento o la razón, sino mediante lo que ellos llaman la transmisión de la experiencia, que expresan simplemente dejándose montar por los médicos viejos. Y Bernardo tirado sobre la plancha con media cara desfigurada le hace pensar a 27 en sus hijos. Como siempre, coloca de inmediato la cara de alguno de ellos sobre la del enfermo. Sabe que no puede darse el lujo de la sorpresa y mucho menos el del lamento. Hay que prever, piensa mientras observa la cara aletargada de la nena con una costura en la cabeza, chorreando una mezcla de isodine y sangre. Luego la reemplaza por la cara de Julio, pero cuando quiere mirarla se da cuenta de que está demasiado borrosa, no alcanza a ver más que sangre. La memoria sólo conserva la sangre. Pero hay también algunas imágenes discontinuas, desordenadas, que todavía conserva 27: una playa vacía en un pueblo perdido donde la nena y Julio, de nueve o diez, fingen con gran torpeza ahogarse para que su padre acuda a rescatarlos, y adonde Julio regresó alguna vez de adolescente. Están también las escondidillas entre la caja de muerto de un tío. La emoción y los grititos de regocijo de los dos en el velorio del cuñado de 27. Dos mamíferos pequeños, una hembra y un macho, que nacieron de su mujer y que, a fuerza de la imitación y el condicionamiento cotidiano, sobrevivieron por caminos distintos hasta la edad adulta. Dos mamíferos que, como los demás, fueron adiestrados por años para respetar el pacto social que más tarde rompería Julio debido a esa rebeldía idiota de su juventud. Imágenes que pasan por la cabeza de 27 mientras taladra el hueso de Bernardo y el alazán relincha y amplía su galope furioso sobre el uniforme quirúrgico. *Wer reitet so spät durch Nacht und Wind?*, dice Goethe pensando en el granjero y su hijo enfermo. Y mientras mira la cabeza fragmentada de Bernardo sobre la plancha, 27 recuerda que aquel era uno de los versos favoritos de Julio: *Hijo mío, ¿por qué escondes temeroso tu rostro?/ Padre, la enfermedad me trastorna./ No es la enfermedad, son esos pensamientos recurrentes./ Padre mío, padre mío, ¿no ves acaso que la enfermedad me está comiendo?*/ Tonterías, es esa falta de carácter de los jóvenes de ahora. Versos, versos que se fraguan, ordenan y articulan dentro de la masa sanguinolenta que 27 comienza a manipular después de haber penetrado la duramadre. Suena el celular de 27 y el ayudante contesta, pero nadie responde del otro lado, sólo una respiración que empieza muy baja y luego se hace dificultosa. Una respiración agitada, de marrano. El ayudante coloca la bocina en la oreja de 27. La dificultad aumenta y, en efecto, es la misma respiración de los marranos que 27 conoció en su niñez, cuando hubo de alimentarlos, limpiarlos y luego ayudar a su padre a clavarles una barreta en el corazón. Y una imagen lleva a la otra. Una historia a otra. En una de las pocas fotos, de doce, en el chiquero, 27 carga a dos de sus hermanos pequeños mientras mira con fijeza no a la cámara sino a los hongos en el lomo de un puerco, y uno puede intuir en aquella mirada la incipiente pero ya grandiosa curiosidad científica, la voluntad de aprehender, mediante la pura contemplación, las formas y el operar de la naturaleza. Si algo pudiera agradecer Julio a su padre es aquel apetito visual. Y ahora podemos decir que el relato que inicia con el niño ausente en las fotos, comienza a hincharse como los marranos preparados para el sacrificio. El niño de doce comienza a ver con otros ojos la matanza. Acude de buena gana, lava y ayuda a prender de las patas al animal, elude con risas las mordidas y patadas, acumula en un balde la sangre, corta aquí y allá, limpia tripas, enjuaga la carne. Pero todo comienza a torcerse cuando 27 hace enfermar a los animales mediante inyecciones y experimentos feroces. El padre acaba por sacrificarlos y 27 los destaza con regodeo, describiendo y clasificando en una libreta huesos, arterias y órganos. Empieza a comprender algunos fundamentos médicos y a practicar una neurocirugía rudimentaria.

YA SACA las cemas, ¿no?, me dice la Trompa mientras doña Elvira sonríe. Octavio quiere hablar, pero yo hago un esfuerzo y no lo dejo. Le digo a la Trompa que órale, ya vas, mi Trompa. Luego doña Elvira me pregunta si ya me pagaron. No. A todos nos deben la mitad de la quincena pasada. Octavio se muere por despotricar contra el jefe y de paso contra el nuevo sistema mundial, su cátedra de teoría marxista. No le permito hacer su escena. Doña Elvira y la Trompa me miran desconcertadas. Intento recomponerme: le pregunto a la Trompa cómo va la chamba, qué tal el movimiento adentro. Dos tres, dice la Trompa, hay mucho puto. Ya no hay hombres de verdad para una, dice. Imagino la risa desesperada de Marta, como la de quien se atraganta con una pata de pollo, dice Octavio, pero Octavio es un mico incapaz de percibir la belleza: cuando la Trompa le preguntaba: ¿todavía trais monqui, Martita?, y Marta le entregaba la bolsa y la Trompa se ponía a hurgar como un roedor cavando su madriguera. Cuando doña Elvira volteaba desde la caja y meneaba la cabeza como diciendo pinches viciosos de mierda. Pero sólo lo pensaba, siempre ha sido muy respetuosa con todos, en especial conmigo; incluso podría decirse que nos ve con el amor de una madre.

Son las seis y media y la clase trabajadora comienza a aglutinarse en la entrada para sacarle filo al machete, jalarle el pescuezo al ganso, estirarle las pestañas al tuerto. ¡Tuérzanle el cuello al cisne, working class wankers!, huyan de toda forma y de todo lenguaje que no vayan acordes con el ritmo latente de la vida profunda, ¡tristes branleurs!, y adoren intensamente la vida, y que la vida comprenda sus homenajes. Cargadores puñeteros, carniceros chaquetapronta, háganme ese favor... La Trompa me señala la puerta, hay mucha gente esperando a que les corte sus boletos. La mayoría desesperados. Se ven ansiosos por entrar, por evitar las miradas que vienen de la calle, sobre todo las de los otros clientes en la fila. Me siento en mi silla horrible y recibo los boletos, los dejo pasar mirándolos a la cara. La mayoría me evita. Mi estadística indica que un setenta y cuatro por ciento son viejos, al menos mayores que yo. Como siempre, busco alguna cara conocida. Quiero decir, alguna que conociera hace tiempo y no hubiera imaginado volver a ver. Pero hay pocas probabilidades. Sobre todo aquí. Sólo una vez, hace un año, vino un colega de la secundaria que aún daba clases ahí. Un católico extremo. Era viernes de parejas swingers. Lo vi llegar de lejos apresurando a su mujer, quien todavía permanecía en el coche. Al principio no me vieron, de otro modo jamás habrían entrado. Se acercaron con premura a la fila, pero estaban tan preocupados por esconderse dentro de sus abrigos que no advirtieron que quien les cortaba los boletos era el mismo que, años atrás, en aquellas comidas para profesores, hablaba poco y al hacerlo incomodaba con la extrañeza de sus comentarios, un sujeto al que evidentemente habría que hacer expulsar de la institución si *el sistema* no lo lanzaba antes a las calles. Yo les busqué los ojos pero no había ojos, pura desorientación mutua. Fingieron no conocerme, voltearon la mirada al cartel de estrenos. Tomé el primer boleto y recorrí con lentitud la superficie rugosa del papel. Me aletargué apreciando su desconcierto, me detuve largamente a escarbar y oler sus nervios, a paladear su temblor. Me rasqué un supuesto piquete en el brazo. Luego examiné el boleto con mucho cuidado. Este boleto está raro, dije en voz alta. Le pedí al hombre que me esperara un momento, alcanzó a balbucir algo con la cara todavía volteada hacia el cartel, yo me levanté hacia la caja de doña Elvira y desde allí me quedé mirando la fila de impacientes y a las dos figuras dolorosamente empequeñecidas que en ese momento bien pudieron haberse largado, pero que no lo hicieron porque no pudieron ni moverse, o quizá porque su deseo de entrar era aún más fuerte que su vergüenza. Me quedé un rato contándole el asunto a doña Elvira, a quien su amabilidad le impedía decirme que la dejara en paz leyendo; que le importaba una chingada mi relación con aquella pareja y que sólo quería seguir *empapándose* de Historia. Comprendí y regresé para cortar los boletos de la pareja. En sus caras había terror. Les dije que todo estaba bien, ya podían pasar a la sala. Los demás clientes me lo agradecieron. Pero la historia no acaba acá. Una vez que pasaron, que vi que no llegarían más, que todo estaba ya muy oscuro y que no se podía caminar dentro sin un celular encendido, me metí a la sala exclusiva con mi lamparita. Sabía que no había más de seis o siete parejas ahí. Alumbré discretamente la última fila, próxima a la puerta. Nada. La penúltima. Nada. Tres filas adelante, encuentro varios pies. Alumbré un poco más arriba, ninguna de las caras que buscaba. Seguí alumbrando y unas filas abajo alcancé a verles las nucas. Estaban sentados como si nada, uno al lado del otro, mirando quietecitos la pantalla. Dos estudiantes castigados. Apagué mi lámpara y me deslicé entre los pasillos oscuros que había recorrido millones de veces, toqué butacas vacías, sentí el piso aceitoso y caminé hasta sentarme junto a ella. Frente a la pantalla todo podía distinguirse un poco mejor. Su cara, en un principio absorbida por la pantalla, donde dos negros empalaban a una MILF, de pronto se estremeció con mi presencia. Octavio sugirió que me bajara los pantalones y me la jalara. No pude contrariarlo, así que abrí la bragueta y expuse la belleza erguida a la mujer. Octavio se ahogaba de risa. La mujer tenía las manos sobre la falda y no movía un músculo, sólo miraba hacia mi butaca de reojo. Ya tenía yo los pantalones en las rodillas. Eres lamentable, dijo Octavio, y ahora era yo quien se reía en voz baja. El marido volteó un poco más hacia nosotros, su respiración era agitadísima; parecía que iba a infartarse. Me quedé esperando a que reventara. En vez de eso, acercó una mano a la pierna de su mujer y comenzó a acariciarla. Octavio me dijo que la tomara del pelo con huevos y la obligara a sorberme la tripa. La oscuridad convirtió a la mujer en una bestia obediente, un cordero ansioso de su castigo, y al marido lo redujo a dos ojos que recorrieron la escena con avidez y culpa. Después de un rato, todavía en penumbras, se levantaron para irse, fingiendo no advertir que era yo y no otro el que estuvo con ellos. Se cree que la oscuridad elimina la vergüenza, pero no es la vergüenza lo desechado, sino las barreras que erige el cerebro para aceptar las modificaciones narrativas de nuestras experiencias. Eso fue hace un año pero aún pienso que la visión imposibilita narrar a nuestro gusto, modificar algunos detalles de lo vivido. Y yo aquí sigo, y ahora la fila de trabajadores se ensancha y en ella hay también algunas parejas de viejos. Todos miran con lascivia descarada a las mujeres mientras los acompañantes fingen no darse cuenta. De pronto, desde el enorme espejo de la entrada, la imagen grotesca de la Trompa alisándose la falda, arreglándose el pelo, pintándose la boca, dándose los últimos retoques en los ojos. Nadie se ha muerto de un infarto aquí adentro, aunque sí ha habido quejas y peleas por dejar trabajar a la Trompa. Golpes entre clientes también, por malentendidos. Cuando pasa, me avisan y entro de inmediato con el discurso que nos enseñaron en la capacitación, pero como el discurso casi nunca funciona, llamo al 034 y luego luego nos mandan una patrulla y voilà. A veces no es necesario que llegue la patrulla. Así fue como empecé a cepillarme a Marta. Apenas era su segunda semana y sólo habíamos cruzado unas palabras. Por razones que todavía no entiendo y ella no me ha explicado, al principio Marta no comía con nosotros; se esperaba hasta las cinco o seis, cuando la gente comenzaba a llegar y nosotros estábamos más ocupados. Esa vez hubo una discusión entre una pareja joven de un BMW y la Trompa. En un lugar para jodidos como este, siempre es extraño ver un carro así. Por un momento pensé que a lo mejor se lo acababan de chingar, pero luego vi que tenían modales de ricos. Se quejaban básicamente de que la Trompa los había engañado. Según ellos, a primera vista era imposible saber que la Trompa era un degenerado y no una *trabajadora*. Por otra parte, alegaban que el servicio del lugar era pésimo, las instalaciones estaban sucias, y para rematar, los precios eran excesivos dada la mierda de trabajo del degenerado. Pedían que la Trompa devolviera los trescientos veinte que cobró por atenderlos. Intenté calmar los ánimos y luego hacer un careo. Que ambas partes expusieran sus puntos, pero en voz alta y en la entrada del cine, así sentirían vergüenza y abandonarían pronto la discusión. Pero no. La rapacidad de los *emprendedores* (manejaban todo el vocabulario de los negocios y el márquetin) era superior a su vergüenza. Pensé en la pareja de excolegas de la secundaria, pero a diferencia de aquella, esta no se veía preocupada en modo alguno. Tal vez estaban seguros de que ningún conocido rondaría por estos lugares. Los del BMW eran de los que se preocupan e inquietan por los demás sólo en los clubs de golf, las fiestas de libaneses, las carreras de caballos o los eventos de beneficencia para niños retrasados o inditos apestosos. La gente entraba y salía del cine y la pareja permaneció inmutable; no se iban a regresar sin sus trescientos veinte. Un sujeto dijo alguna vez que el deseo de los ricos no era acumular más dinero ni hacerse más poderosos, sino convertirse en los más grandes avaros. Pude haberle dicho a la Trompa que por el bien del negocio devolviera su dinero. Pero no lo hice. Pude haber llamado al

034, pero la pareja habría sobornado a los policías y entre todos habrían despellejado a la Trompa. En el ministerio o en la calle, todos le habrían roto más el culo (figurada y literalmente). ¿Empatía, solidaridad, piedad? Quizá la defensa de un individuo que de algún modo formaba ya parte de mi familia. La pareja quería hablar con el encargado. "No hay un encargado, no hay un gerente. Yo me ocupo de estas cosas, aunque puede *encargarse* cualquiera de los que trabajan acá." Marta seguiría comiendo en el cuarto de arriba, pensé, pero la vi bajar por las escaleras. Se quedó mirando la discusión. "Pues no sé cómo le vamos a hacer pero usted me regresa mis trescientos veinte." Para cagarse de risa, dijo Octavio. Estos emprendedores siempre haciendo de las suyas adonde llegan. Les pedí que me esperaran un momentito. No, no mames, Octavio, dije, pero Octavio no me hizo caso. Fui a mi casillero, abrí la puerta y vi el brillo plateado de mi costeñito. Regresé con Octavio relamiéndose los bigotes. Le intenté decir que se tranquilizara pero ya no escuchaba. La pareja, de espaldas, alegaba con la Trompa, amenazando con ponernos una demanda. Atenacé al hombre por detrás, una mano en el pelo, la otra presionando el filo del costeño contra el pescuezo. Ya valiste verga, culero, dijo Octavio. Un cuello lechoso, suavecito, atascado de sebo, una garganta que se habría podido rajar como carnita de lechón. Cerré los ojos porque no quería ver a Octavio; cuando lo hice me vi caminando de noche en un monte tupido, desbrozando el sendero con un machete, tumbando la hierba y los troncos que parecían nunca terminar, y la noche me mostraba ya sus colmillos y sentí que el cielo quería atravesarme, y fue tanta mi desesperación que mejor me detuve entre la maleza, me quité la camisa y de un tajo me abrí a la altura del ombligo, y de inmediato vi salir dos chisguetes que anunciaban el desbordamiento. Dejé que saliera mucha sangre antes de meter un dedo en la herida, luego metí uno más y luego otro y así comencé a extraer la viscosidad. Presioné con ambas manos el estómago, como cuando se revienta un grano de la cara, y la grasa brotó purulenta, rancia, a través de la incisión. Mis manos estaban llenas de un aceite fétido pero todavía tenía que ir por los intestinos. Regresé una mano al boquete, hice presión y logré penetrar con pulgar, índice y medio, sentí una tripa y alcancé a asirla con los tres dedos. Nunca hasta ese momento estuve tan contento de mis ventajas anatómicas sobre otros simios, del proceso evolutivo que había llevado a mi pulgar a oponerse a los otros dedos para lograr un agarre de pinza. Jalé con fuerza el mondongo y el intestino comenzó a salir, pero jalaba y jalaba y éste no terminaba de nacer; era infinito como la maleza o como la baba que a veces chorrea del hocico del cielo. Después de un rato escuché a lo lejos una voz chillona, poco a poco se fue haciendo más clara. Abrí los ojos y vi a la mujer del BMW pidiendo que pensara bien, que no hiciera tonterías: ellos se iban y aquí no pasó nada. Sentí dolor en la mano que sostenía por los pelos la cabeza desfallecida del hombre. Pero no vi sangre en el lugar.

Como te digo, después de acostumbrarme a vivir en aquel mundo abyecto, la editorial comenzó a exprimir mi pose de salvaje y a hacer buen negocio con mis libros, lo cual no estaba nada mal pues alcancé tajadas del pastel. Luego dejé el cuarto de la Pferdestrasse y comencé a construir mi imagen de intelectual: compré un par de cuadros de moda, invité a cenar a algunos artistillas amanerados, escribí varios ensayos en el *Frankfurter Rundschau*, y en todas las revistas mi voz se volvió al menos constante. Opinaba sobre lo que se atravesara: la expulsión de los inmigrantes turcos junto con su comida que sólo buscaba humillar a la alemana, las nuevas tecnologías automotrices que el país exportaba o la prohibición de tatuarse el cuerpo a los jugadores del Werder Bremen. El medio empezó a limar las puntas de mi literatura, en un principio afiladas, peligrosas, y pronto mis libros se ajustaron a la maquinaria como una mercancía aun más efectiva que las novelas de vampiros. Ahí me volqué a la literatura infantil. Además, en ese tiempo estaba entusiasmada con la idea de hacer de mi hijo un gran lector, un George Steiner o algo así. En caso de que mi pareja de aquel entonces pudiera y quisiera darme un hijo; pudiera y quisiera ayudarme a construir un George Steiner. Pero no, los sueños de ese vagabundo se limitaban a hallar la forma de permanecer atascado de coca todo el día, dijo Wiebke. Luego balbuceó algo más que el rancio no alcanzó a oír, pero que pudo interpretar como un lamento por el tiempo perdido, por la prolongada confusión en su vida, por el callejear idiota junto a un bistec siempre anestesiado. Y hablando de callejear, ¿fue en ese momento o mucho después, me dice Octavio, que Wiebke se levantó porque dijo que quería caminar sola un rato, pero que quedaban para desayunar al día siguiente? ¿Es ahí cuando Wiebke se despide del rancio y olvida su libreta en la mesa? No lo sé y quizá no importa. Lo que aparece ahora es la imagen del rancio caminando por la zona de mayor movimiento con algo azul bajo el brazo, husmeando en las tiendas, los bares, las putas de los aparadores, fijando en su cabeza cualquier detalle que sirviera después "para escribir algo", pero sin lograr nunca ese orden necesario de las fotos para "contar algo".

camina el rancio por las calles mojadas
y voltea con disimulo hacia todos
como si acabara de asesinar
a alguien
ver caras y caras de güeros y a
algunos borrachos que mascullan

en la estación de Landungsbrücken
Wiebke siente
las ganas
de volver a
su país que no es una tierra sino
una lengua dentro de otra lengua

Luego se detiene a mirar libros
bueno más bien el puro cristal
de dientes para afuera el rancio
diría que es espantoso Hamburgo

y Wiebke compra un espejo
que exhibe algunas marcas
olor del este
la nieve que no para

Piensa el rancio que
es mejor siempre lejos
de su paisito de mierda
que siempre que pudo
le pateó el culo
envenenó sus proyectos

Wiebke en verdad siente que
estar por aquel hijo de puta
olvidada con el que parasitó tantos años y
despellejó su monedero
es peor que haberse entregado al editor que
de escritura exitosa sabía mucho, el tipo que

destripó a sus amigos

No es que en otro lado
no te atranquen las puertas
que
no se coman otros tu deseo
Simplemente en otro lado
la gente los árboles el paisaje
de la miseria cambia
su olor a rancio casi no asfixia.

de un plumazo entregó su brillo al mundo

no tengas tanto odio acércate que
en la jeta tengo el sello de amor de mi madre

guarda todavía el olor del semen del padre
Wiebke no estaría a gusto sin
esas imágenes de la ciudad a la que vuelve
a otra miseria más vieja pero
todavía con mucha fuerza.

Aquí Wiebke, con su cuerpo robusto pero aún bastante apetecible, piensa el rancio, atraería la atención. Pero allá es una sombra, incluso un ser despreciable. Allá la madurez repugna más que aquí. Wiebke se detuvo en un puesto de salchichas. El rancio caminó encantado con el brillo de las calles, con las muchachas que salían de los bares y orinaban contra la pared, como cabrones, pensó. Wiebke entregó el dinero y se quedó parada en la banqueta sin saber adónde caminar. Tenía que empezar de cero, sin direcciones hacia donde correr. Sólo estaba su editor. Sus amigos le dejaron de hablar o cayeron en la cárcel o muertos. Pensándolo bien, amigos eran dos o tres. ¿Y luego qué pasó? De nuevo es una imagen fuera de lugar, me dice Octavio. El rancio surge en el Parque del Rey sentado en una banca junto a Anthony, el africano. Abrió el cuaderno y leyeron un título en la primera página: "Algunos posibles aforismos y pensamientos extirpados de las cabezas de Pascal y Cioran". Anthony no hablaba mucho y no obstante el rancio tuvo la impresión inicial de que tampoco era un gran escucha. Le parecía un mueble ubicado a la misma dirección que su cuerpo, o en todo caso un espejo grande cuyo silencio le confirmaba sus ideas sobre la escritura:

Es un lugar común, una perogrullada, afirmar que siempre se escribe con un lector ideal en la cabeza, uno solo, que es el único motor que impulsa al escritor a finalizar su tarea, e incluso que, conociendo la naturaleza de dicho lector, es posible indagar a profundidad en la poética del escritor. Pero todo esto, en el fondo, es verdad. Al menos en mi caso, la literatura se ha reducido, sin advertirlo, a concentrar mi esfuerzo en chocar con aquella mirada en la que pienso cuando escribo. Esa mirada capaz de revivir el sentido que he cifrado inicialmente en mi escritura. Nada más. ¿La literatura es un crucigrama en el periódico? No, la literatura es un jeroglífico, un sistema de sentido, un "reino de signos" que, por el puro antojo, lanzamos al mundo para que alguien lo descifre.

Pero, contrario a lo que pensaba el rancio en un principio, Anthony no era un mueble. El alemán del negro era primitivo e inestable pero su poética estaba ya afianzada: "No se puede escribir cosa de calidad si uno no siente presencia dentro del cuerpo. Puedes ir a escuela, saber leer y escribir sin faltas, pero si no sientes temblor, sacudida de presencia, mejor trabaja otra cosa, y si la sientes, reniegues nunca de ella. Si presencia de dentro te ordena robes o violes o traspases cuerpo de persona con pistola, o cortes garganta con cuchillo, obedece a presencia". Dos o tres cosas más comentó el negro, dos o tres cosas más subrayó sobre las ideas del cuaderno azul. En realidad, generalidades, me dice Octavio. Y en otro barrio lejos de ahí, sigue contando Octavio, de regreso hacia el hostal, Wiebke pensó en la condición de ese mexicano, escritorcillo de pueblo. Igual que el negro. No me sorprende que Octavio lo sepa todo. No me sorprende que mientras me cuenta la historia de los tres escritores, su mirada sea la de un pájaro o la de un ángel de *Der Himmel über Berlin*, de Wenders (la película habría evitado su leve cursilería intercambiando a los ángeles por simples muertos). Pero obviamente Octavio no es un pájaro ni mucho menos, sí, mucho menos es omnisciente. Octavio quizá conozca tres o cuatro detalles de la narración real, quizá recuerde algunos gestos, algunos fragmentos y diálogos de la verdadera conversación, ¿pero de qué otra manera, si no a partir de la omnisciencia, ese artefacto decimonónico, anquilosado, para muchos ya inverosímil, podría *reconstruir* aquel evento?

Nada trascendente con la narración de los escritores. Podría ser una simple curiosidad. Había dicho al principio: una adivinanza, pero sería mejor decir: un chiste. Hay tres personas con el mismo ¿oficio?, reunidas en un hostal, tres escritores. Un africano, un alemán y un mexicano. Aquí comenzaría lo gracioso, incluso podría surgir algo quijotesco, pero no, ocurre que el desmembramiento del relato impide el desarrollo sano, emocionante, divertido. Ocurre que la memoria perdida construye, a tropiezos, una narración deforme, un objeto incapaz de adaptarse a las estructuras inamovibles, aquellas "que no dejan cabos sueltos", que debido a su forma cerrada, saben captar la atención "universal", que apelan a lo humano, que saben eludir la historicidad. Evidentemente ya no discuto esos problemas con Octavio, parece inevitable que los ojos de pájaro busquen contar algo siempre desde su perspectiva. Por ejemplo, que en algún momento, tal vez desde fuera de la ventana, desde la rama de un árbol, se distinguieron los tres escritores sentados en el suelo del cuarto del hostal, fumando, moviendo la boca como si platicaran entre ellos. Y luego el negro mostró a los otros una figura de barro, un muñequito con el que, según la visión del pájaro, en repetidas ocasiones golpeó al rancio en la cabeza. Sangrándolo un poco y aparentemente con su consentimiento. Luego las convulsiones en el suelo, la incontinencia y el cambio de voz del negro, y Wiebke que moría de la risa porque evidentemente era una idiota y porque además estaba consciente de que nunca sería una escritora de verdad, dice Octavio. Oh, sí, decía Wiebke, el negro está poseído, jaja, el puto negro es un chamán que nos revela el arte retorciéndose en el suelo. Me cuenta Octavio que después de aquel incidente, Anthony se sentó de nuevo y empezó a hablar un alemán anticuado, hermoso. Comenzó un monólogo, se presentó como "hermano mayor" y se dirigió a sus interlocutores como "aldeanos". Luego narró algunos episodios de su famoso viaje por Alemania para reunirse con Karl Peters, el aventurero que lo haría zarpar al África Oriental, describió con detalle el paisaje, los animales y las costumbres de los negros que encontró en aquellas tierras. Finalmente explicó su posición como escritor, su afán por llegar a aquellos lugares, mezcla de exotismo y placer burgués. Aunque adjetivaba demasiado, todas sus expresiones buscaban crear imágenes, asociar elementos extraños y adquirir una musicalidad, un ritmo. Sus apreciaciones no sólo eran justas sino también explícitamente literarias: una máquina de hacer metáforas, un sujeto que te pateaba los huevos al cabo de un rato.

IV

Si ALGUIEN se hubiera asomado a las calles ponzoñosas de la colonia Agrícola Oriental en mil novecientos sesentaitantos, habría visto a 27 con una bolsa de mandado y un machetito rondando las taquerías, los mercados y los basureros, y si alguien le hubiese preguntado el motivo de su deambular, habría contestado: "el trabajo de la ciencia". Ya para las seis, siete de la noche, la bolsa tendría al menos dos ratas o una cabeza de borrego sobrante del puesto de barbacoa. 27, ahora vestido con un traje azul y un cubrebocas, piensa que la preparatoria no le sirvió de nada, incluso la carrera no me enseñó a hacer verdadera ciencia, todo lo que sé lo aprendí en las noches, con mi madre lavando ajeno, mi padre borracho y yo encerrado en mi chiquero observando la naturaleza: abriendo cabezas de puercos, mirando con lupas, lentes viejos —mis microscopios primitivos— algunos órganos de rata, anotando en una libreta mis clasificaciones y teorías, dudando de mis observaciones, y la mayoría de veces refutando aquello que creía haber descubierto, piensa mientras manipula una arteria de Bernardo.

27 recuerda que a los diecisiete leyó *Cazadores de microbios* de Paul de Kruif, libro que se convertiría en su biblia de ahí en adelante, no sólo por la amenidad con que se narraban las pequeñas biografías, debates, experimentos y hallazgos de los grandes microbiólogos, sino porque las preocupaciones, medios hostiles y primeros fracasos que sufrieron muchos de aquellos científicos le eran familiares. Esas vidas jodidas me eran cercanas, piensa, me daban algo de esperanza o consuelo en ese barrio infestado de ladrones y cracks de futbol, donde la mayor aspiración era juntar para un puesto en el tianguis o llegar a jugar en la tercera división del Cruz Azul. Sobre todo, creo que sentía compartir el tener todo en contra con Leeuwenhoek: un bárbaro holandés, ignorante del latín y de las lenguas cultas de mediados del XVII, bestia necia, mula sorprendida por cualquier minucia de la naturaleza y que, a pesar del escarnio público y la tosquedad de su medio, fabricó microscopios sofisticados para su tiempo con los que observó unos bichitos bailando por primera vez en la historia. Yo ni siquiera sabía ensamblar lentes de aumento, pero tenía la misma obstinación por conocer que el viejo, piensa 27. Y además, mi barrio: el Leeuwenhoek de la Agrícola Oriental, recuerda que más tarde lo apodarían sus compañeros en la Facultad de Ciencias. ¿Fue en verdad la lectura de la vida del holandés lo que me hizo admirarlo o fue el apodo lo que despertó mi fervor por él?, se pregunta 27 mientras ve como tantas veces al anestesiólogo entrecerrar los ojos, dormitar en su silla. No necesita un espejo para saber que su cara debe verse igual o peor de destruida: la falta de

sueño, la tensión, el tiempo. Ya no piensa en alisarse el pelo, arreglarse la bata y preparar un buen discurso antes de platicar con los familiares de los pacientes, como cuando acababa de graduarse, porque en estas situaciones ellos no importan, porque en estas situaciones preguntan las mismas idioteces, agreden o lloran; son incapaces de usar la razón. Con estas caras jodidas nos presentamos hace unas horas a los familiares del Evgeny Kissin de Zacapoaxtla. A diferencia de los de ciudad, estos de pueblo siempre parecen más reflexivos, reaccionan con más calma:

—Doctor, vengo porque mi niño se cortó un dedo con la hacha.

—Este dedo que me trae ya está podrido. No se le va a poder pegar.

—Hum, bueno, ¿pero todavía puede remendarle ahí para que no se me muera?

Con estas ruinas de cara, 27 y su colega vieron a los familiares de Bernardo, sentados en los sillones, serenos, como si hubieran analizado ya todas las posibilidades de supervivencia y se hubieran hecho a la idea de que el asunto no era siquiera responsabilidad de los cirujanos, simplemente del azar. Pero ver la sangre bullendo en las cavidades, empapando el uniforme, siempre hace salir del letargo, oponerse a la suerte. Calmarse y pensar que aquel amasijo de pellejos y hueso unido al cuello de Bernardo no es más que la cabeza de un marrano o de un perro puesta sobre su mesa de trabajo, piensa 27. Pide a una enfermera su botella de tinto y se sirve en un vaso de plástico. No me quiero infartar, jaja. Pero nadie se ríe: todo el mundo atento a los procedimientos, aterrorizado por la profusión

de sangre. Están cagados del miedo, aún los asusta la sangre, piensa.
Y entonces su mente le trae aquella imagen bloqueada tanto tiempo. Y esa
imagen conduce necesariamente a una historia, a un modo de organizar
esos hechos. Una caminata de regreso por las calles de la Agrícola Oriental,
la bolsa vacía y el machete, dieciséis años y un perro flaco buscando comida en un basurero. 27 se acerca con sigilo por detrás del animal, pero
apenas va a alcanzarlo cuando un hombre con algo en la mano le grita
desde lejos. 27 no entiende lo que dice. El hombre se aproxima manotean-
do, fingiendo enojo, según su apreciación. Ya cerca, el hombre le repite
que qué chingados quiere hacerle a su perro, pero 27 nota que el perro no
puede ser suyo: no lleva collar, está muy desnutrido, no tiene mordidas
ni heridas graves que indiquen que acaba de escapar de alguna casa (todos los que escapan, piensa, pelean con otros perros y son casi siempre
heridos de gravedad); además, su técnica para husmear en la basura, la
manera de separar la comida y su alerta constante ante otros perros in-
dican su familiaridad con la calle. El hombre deja una bolsa de mandado
enorme sobre el suelo. 27 no necesita ver el interior para saber que la bolsa
debe cargar cebollas, limones y cilantro. Evidentemente, es taquero. 27
saca su machete y lo invita a aproximarse. El perro, inmutable, degusta
con calma la basura. A pesar de todo, es un perro elegante, con buenos
modales, que saborea y se mueve con exquisitez entre la inmundicia.
27 tiene algo de miedo pero pronto advierte que el taquero no se acer-
cará: sabe que, aun si para los taqueros el valor de un perro es alto (cinco

días de venta), no arriesgan su vida por carne. Los taqueros tienen dinero y son cobardes, los mueve la usura, no el conocimiento. El hombre sc larga mentando madres y 27 sigue mirando al perro que se deleita con un pañal del suelo. El animal advierte su presencia pero está calmado, sólo voltea de vez en cuando para monitorear los movimientos de 27. Luego le acaricio la cabeza y el lomo y le enredo en el pescuezo un lacito que traigo en la bolsa de mandado. El perro mueve la cola emocionado. No es necesario jalarlo, el animal me sigue y hasta comienza a jugar conmigo, me trompea la mano al avanzar. Ya en mi casa, mientras todos duermen, lo ato en el chiquero y le doy restos de comida para que no haga tanto ruido. Entonces busco mis instrumentos, mi libreta, el microscopio, mis cables de luz. Tomo una botella de mi padre y muelo varias pastillas en el aguardiente. Luego cargo una jeringa vieja con el líquido. El perro está entretenido con la comida y por eso puedo picarlo con facilidad. Me tira una mordida, pero sigue comiendo. Después de unos minutos comienza a bailar, yo le acaricio la cabeza y él me responde lamiéndome la mano, luego las patas se le doblan para adentro y en ese momento parece muy gracioso verlo sin poder sostenerse, y en ese momento también es como si el animal adivinara por fin cuál será su destino, como si sus colmillos y sus patas no reconocieran ya las órdenes de su cerebro. Acerco el machete a su cabeza y miro el hociquillo peludo y unas pupilas que en un último esfuerzo intentan provocar piedad, persuadirme de que algunas vidas son indispensables de ser vividas. Me mira y lo miro y es como si aquellos pares de pupilas que se encuentran revelaran uno de los secretos de la naturaleza. El hombre no es sólo el lobo del hombre, sino todo lo vivo es lobo de todo lo vivo. Le doy un golpe seco en medio del cráneo y el hueso truena como una galleta, el perro aúlla y la sangre comienza a ahogarle los ojos. Intento sacarle el machete del cráneo pero lo tiene atrancado. Requiero de muchas fuerzas y mientras palanqueo y palanqueo, el perro aúlla que da frío escucharlo. Mi madre grita desde su cuarto que ya le pare a mi desmadre, que el animal va a despertar a todos los vecinos. Le contesto que ey y luego tomo la cabeza del perro y le meto dos jeringazos en medio de los ojos para que deje de chillar. Comienza a calmarse. Con un cuchillo de abrir chanchos quito el cuero y con unos desarmadores ensancho la grieta, separo el hueso fracturado. La sangre sigue corriendo pero ya se puede ver la carnosidad de los sesos. Por fin, con el perro drogado pero despierto, conecto mis cables a la corriente y voy colocando la punta pelada en distintas regiones del cerebro: como había leído, lo veo agitar las extremidades, callar sus gruñidos, babear u orinar. Pienso en la lástima que constituye su carencia de lenguaje verbal. Un animal elegante, con buenos modales. Antes de quedar tieso, no sólo atascó mis instrumentos de sangre, como tantos otros, sino que me hizo entender las bases de la ciencia moderna, forjó una narración que, a partir de entonces, busqué separar de mi subjetividad, evitar que se encarnara en mí. Un animal que me obligó a intentar creer que no era a mí a quien miraron esas pupilas sino a todos los ojos de la ciencia. Un ruido en el equipo de monitoreo regresa a 27 a la concentración, a Bernardo sobre la plancha.

PARA ESE momento ya había muchos mirones en el lobby, no sólo quienes venían de la entrada, también los que regresaron de las salas privadas para enterarse sobre el alboroto, para escuchar de cerca los gritos de la mujer del BMW y para verme sosteniendo a su marido de los pelos. Noté que Octavio se carcajeaba mientras blandía el cuchillito; luego les gritó a los mirones que a chingar a su madre, que se metieran a seguírsela jalando o también a ellos se los chingaba. Obedecieron los solos y las parejas, nadie se atrevió a salir a la calle. Sólo los emprendedores se largaron con el culo caído, no tanto por haber sido humillados frente a muchos, arrastrados de manera pública, sino porque quien los había avergonzado era un empleadillo, un gato-vigilante-cortaboletos. Por eso yo estaba seguro de que la pareja regresaría más tarde, con policías, algún abogado o con un fierro. Pero nada ocurrió. En cambio, Marta me empezó a ver con otros ojos. Esa misma noche tomamos café después del trabajo y me contó que aún vivía con su mamá, que era aficionada a los solventes, que le gustaban Caifanes y la Maldita y el Haragán y todas esas mamadas que uno cuenta cuando quiere trabarse con alguien. Pero quizá Marta no quería limar, no quería que le reventara la verija, o al menos no en ese momento. Quizá sólo quería regresar a lo básico, a que un macho pudiera descuartizar a otro por ella. Esa noche la dejé temprano en su casa, pero al día siguiente, después de la chamba, vino a la mía. En el camino compré una de bacardí y ya adentro saqué la grabadora y le subí chingón. Mi cuarto siempre estuvo en silencio, pero esa noche quería que ella cantara con güevos, quería ruido. Marta sacó el bote de activo y con un pedazo de trapo se preparó una muñequita y comenzó a pegarle. Le dije que esa mierda iba a dejarla más pendeja, que estaba asesinando sus pocas neuronas. No me salgas con que ya me quieres, dijo. Lo que quiero es darte una buena raspada, quiso decir Octavio pero no lo dejé hablar. Le dije que no la quería pero que ya me caía más o menos bien. Creo que ya había mencionado sus defectos y su bolsa llena de porquerías y sus muñecas rajadas; también apunté que era una mujer buena para calentar a cualquiera. Le dije que ya tirara la pinche muñeca. Fingió no escucharme. Quiso hacerme creer que ya estaba puesta y se quedó tirada en el sillón. Le acaricié el pelo y no se movió, luego repasé con cuidado la piel algo accidentada de la cara. Recorrí el cuello y el filo de los hombros huesudos. Repetía entre dientes que ya estaba muy movida, que no me fuera a pasar de lanza. Entonces supe que estaba lista, que quería el mactrío completo. Pero no se lo iba a dar en ese momento porque la rapidez propicia la inmediata transparencia. Bajé la mano por su espalda y le acaricié largamente las piernas, el vientre, las nalgas, hasta que comenzara a pedir enchufe. Y se fue en la madrugada, mientras yo dormía, sin olvidar su muñeca ni su bote de activo.

La mañana del lunes siguiente la encontré en cuatro patas fregando el piso de los baños. Sólo estaba doña Elvira limpiando unos vidrios de la entrada. Marta y yo nos saludamos como antes, indolentes, como disimulando el ansia de volver a establecer contacto. Estuve un rato mirándola enjabonar, tallar y lanzar agua con una cubeta. Los dos en silencio. No éramos muy buenos para hablar. Hay gente que puede hacer plática de una cubeta. Siempre he pensado que los buenos conversadores son cobardes, gente que se inventa una necesidad de platicar no porque les interesen las ideas del otro sino porque les da miedo el silencio. Nosotros, al contrario, éramos valientes, no teníamos mucho que decirnos, no nos inventamos una necesidad para hablar. Pero escribir es distinto, escribir de cualquier suceso a veces es necesario, tal vez es la manera de compensar la pobreza de la oralidad, dijo Octavio, pero yo traté de no quedarme en sus palabras sino de seguir mirando la figura de Marta en movimiento. Ella fingía no ponerme atención, yo sabía que estaba atenta, imaginando la dirección de mis ojos. Definitivamente había silencio y alerta de su parte, no incomodidad.

Pasé la mañana sentado, cortando boletos. En la tarde doña Elvira me dijo que fuera a las tortillas porque traía un guisado de carne con chile. A veces pienso en mi vida antes del cine, antes de que el sistema nos arrojara a las calles, a "la realidad" fuera del espacio académico. El espacio académico, jaja, la secundaria número 2. En la fila de las tortillas es mejor evitar un recuerdo así. En la fila de las tortillas no hay que pensar en los sistemas contemporáneos de producción, el posfordismo, la inserción de cada uno en la máquina del capital. Allí se necesita recordar los nueve pesos y la servilletita bordada, nada más.

Armé la mesita de plástico y comimos los tres en silencio. Doña Elvira fue la única que usó tenedor y cuchillo. A nosotros nos bastaba la tortilla para desgarrar la carne y sorber el caldo. La vieja masticaba con parsimonia, saboreando delicadamente cada trozo; pinchaba, cortaba, prensaba y bebía con modales de duquesa arruinada. Por su parte, Marta era un asco, una ofensa mirarla comer. Se atascaba la boca con una mixtura de carne, frijol y tapones de tortilla. Comprimía cuatro o cinco veces el bocado mostrando los incisivos, chasqueando la lengua, y luego abría grande la boca para beber refresco, hacer un revoltijo con todo aquello, enjuagar y tragar. Quizá yo también era una desgracia para comer, pero nadie me lo comentó. Por eso su falta de buenos modales, en el fondo, no tenía la menor importancia. Podría tratar de educarla, de hacerla actuar de acuerdo con mis deseos, con lo que yo suponía el buen gusto, o como dirían los griegos, con lo bueno, lo bello y verdadero, pero no lo hice. Las personas, por lo general, son animales sumisos, plastilinas a las que podemos moldear a nuestra conveniencia, darles forma para usarlas, someterlas y obligarlas a que nos sometan para nuestro placer, entrenarlas para que nos hagan caravanas, formatearlas para que velen por nuestra seguridad, para que llenen nuestros deseos. Yo quería que Marta no se comportara como un primate, no al menos mientras estuviera conmigo, pero nunca reprimí su animalidad. La educación —si pudiera llamarse educación a algo que el maestro aprende junto al alumno— se limitó a otras prácticas.

En el cine las cosas se hicieron distintas desde la noche en que Marta estuvo en mi casa. Si antes ella apenas se fijaba en quienes entraban y salían, en las siluetas excitadas que poblaban los pasillos y en lo que ocurría dentro de las salas, después de esa noche cualquier movimiento, cualquier invitación al pacto erótico, atraía su curiosidad. Si antes consideraba su trabajo asunto rutinario, la mecánica de limpiar y ordenar, los días posteriores al encuentro el cine comenzó a espolear su imaginación con las concurrencias, citas y confusiones de cuerpos en los pasillos oscuros; el toqueteo, los besos agresivos, la exhibición de carne, la penetración, el desorden de manos en pechos y piernas sobre las butacas en penumbras.

Marta empezó a meterse a las salas —espacio donde yo mandaba— con cualquier pretexto. Fingía buscar un recogedor, preguntar a la Trompa si traía maquillaje, lo que fuera. Cuando platicábamos, aseguraba que le daba igual lo que pasaba allí adentro. Había tenido algunos novios, pero coger no era su fuerte. Lo mío lo mío es el activo y la música, decía con cara de falsa impasibilidad. Sin embargo, yo sé que detrás de esos gestos siempre golpea con rabia el puño del vicio, el apetito negro insatisfecho. Semanas después, ella comenzó a reflejar aquel apetito a través de la aparente inocencia de sus preguntas sobre las películas, sobre lo que yo pensaba de lo que ocurría en las salas.

Una vez que el lugar estaba por cerrar, la encontré dentro de la sala de parejas, con su botecito y su muñeca, sentada en una butaca de las últimas filas. Aún había cuatro o cinco parejas en las primeras filas. Al verme fingió buscar algo en el suelo, y luego me dijo que la Trompa le marcó para pedirle buscar un reloj que creyó haber olvidado ahí. Me senté a su lado y me di cuenta de que estaba algo puesta. Como de costumbre, nos quedamos un rato en silencio, luego le puse la mano en la pierna y ella comenzó a exagerar el efecto del mono. E igual que cuando se quedó en mi casa, simuló delirar adormecida mientras mi mano recorría su carne, desabotonaba el pantalón, presionaba y hundía los dedos. Pero ahora había otras parejas que se tocaban y volteaban a mirarnos también. Y eso vuelve loco a cualquiera, dice Octavio e inmediatamente le prendo un cigarro para que no me interrumpa, que cierre el puto hocico de una vez.

Ahora podría decirse que todo comenzó no tanto como vil ansia de apareamiento mamífero sino como un juego para matar el tiempo, el *juego del muerto*, o como después propondríamos, *echar un muertito*. Consistía en que ella fingiera el letargo y dejara su cuerpo a mi merced, a lo que yo quisiera hacer con su carne anestesiada, que yo podía apretar, azotar, penetrar, morder, hacer sangrar, para poder huir de aquella trage-dia que constituye la transparencia de la vida; la vida plana y aburrida, asquerosa, a la que, por la pobreza o la riqueza, da igual, la educación o el pudor, generalmente nos sometemos, a la que servimos como esclavos cuando cogemos, criamos hijos, trabajamos para sentirnos productivos, dignos de existencia, templamos las ganas de desmembrar a alguien, de montarnos sobre la mujer prohibida.

Todavía no comprendo cómo podíamos excitarnos, Marta y yo, después de estar todo el día en el cine, junto a trabajadores que se mas-turbaban con una mano mientras mordían una cemita en la otra y donde luego reinaban las muecas grotescas de la Trompa, los alegatos, la suciedad en la tela de las butacas, el olor a semen viejo, los orines en los pasillos o el picor del perfume y el maquillaje barato en la sala de parejas. Sin embargo, continuamos entrando juntos para jugar nuestro juego favorito, para ganarle algunos pasos al tiempo que parecía no moverse, a los días que amenazaban con ser siempre iguales.

La segunda vez que vi a Marta fuera del cine fue en su casa. Me invitó a cenar con su mamá, una vieja media sorda que, por su obesidad y otros problemas de salud, se pasaba casi todo el día encerrada en su cuarto tirada en la cama. Sin embargo, esa noche la vieja cocinó la cena y estuvo con nosotros un rato. Pero deberías describir con detalle lo que ocurrió esa vez, chilla Octavio, y a pesar de que me doy cuenta de que es imposible hacerlo callar, creo que tiene razón: hay que narrar con calma, intentar reproducir las minucias porque aquella noche marcó un punto de quiebre en la Historia, en mi historia. Caminamos a la parada intentando romantiquear penosamente, viendo las estrellas de aquella noche que en realidad era linda, una noche que se antojaba buena para cometer un crimen. Y el nuestro fue mirarnos de reojo, quizá reproduciendo los gestos de los enamorados de esas "comedias románticas" de Hollywood mientras sorteábamos los botes de basura, los charcos de cañería, las jaurías que no aceptaban el gang bang como opción y, con esas sonrisas de navaja, unos a otros se lanzaban tajos a los lomos. Y la noche escrutaba con la vileza de sus múltiples ojos plateados nuestros deseos, y la bola blanca de billar en el cielo alumbraba aquel cuadro lamentable. Subimos al camión y pagamos. Había pocos pasajeros, los de siempre: cocineras de brazos quemados, meseros pensativos junto a las ventanillas, obreros que a la primera mirada, al mínimo gesto, buscarían descalabrarte con el perico adormilado en la maleta. Si bien, en general, en la vida no pasan muchas cosas, habría que hacer un close-up a esas escenas banales, describir lo cotidiano; quizá en ese acercamiento podríamos encontrar el lenguaje que nos revelara algo significativo: unos asientos de fierro oxidado, cojines rotos con marcas de plumón negro, con restos de comida, un espacio infecto donde se tiene que convivir con los otros sin asfixiarte, durante cuarenta minutos, hasta bajarte y cargar los pulmones de nuevo, un viaje dentro de la gran vagina apestosa de metal con la que mantenemos una relación codependiente. Nos sentamos a la mitad del camión. Habíamos hecho el intento de vestirnos bien para la cena. Antes de salir del cine saqué de mi mochila una camisa blanca un poco luida de las axilas y un pantalón negro. Me puse unos zapatos color crema, viejos pero boleados, una corbata tejida guinda y un abrigo chingón de cuero café. Marta lo intentó también con tacones negros, vestido negro y medias negras, collar y aretitos. Aburrido y de mal gusto, dice Octavio.

Bajamos del camión en la colonia de Marta y caminamos unas cuatro calles. Contrario a lo que habría pensado, Marta no vivía en un edificio de cuartitos sombríos sino en una casa pequeña y acogedora. Abrió el zaguán, luego la puerta de la entrada y le gritó a su mamá si ya estaba lista. La madre salió, nos presentamos y comenzó el ritual. Conocí en el trabajo a su hija, somos compañeros, antes fui profesor de Historia y aquí estamos, yo soy una vieja enferma y viuda, con necesidades, si no se crea, intenté educar a mis hijos con principios y no me gusta para nada donde trabaja Marta, puro viejo mañoso, pero hay que pagar la renta, etcétera. Platiqué con ella, era una vieja como casi todas las de su clase social, de su tiempo y de su espacio: conservadora, hipócrita y estúpida, con una sensibilidad configurada por Televisa, telenovelas y talk shows. No era su culpa. En el fondo, nunca es culpa de nadie. No hubo alcohol en la cena y quizá la vieja pensó que por eso mi estancia no se prolongó demasiado. Me despedí de ambas pretextando tener que tomar el último camión. Antes de salir le escuché a la vieja que también ella se acostaba temprano. Agradecí de nuevo la invitación, me volví a despedir de lejos y me fui de la casa. Luego me senté en la banqueta y esperé. A los diez minutos Marta abrió la puerta y me hizo la señal acordada. Era el momento. Me acerqué, cerró con sigilo, entramos casi sin respirar, nos quitamos los zapatos y nos encerramos en su cuarto. Era ridículo. A nuestra edad nos cuidábamos de la madre, nos escondíamos de la autoridad como estudiantes en brama. Pero a la vez era una sacudida distinta a estar en el cine, una experiencia más intensa, donde las vetas del placer prometían hincharse y ramificarse. Al menos así para Marta, a quien, según alguna vez confesó en un arranque infantil, le excitaba poderosamente la idea de romper las reglas de su casa, desafiar con algo de perversión el poder de la madre. Y le rechinaban los dientes cada vez que su fantasía era enunciada. Diente contra diente, un topo electrizado. Al principio no me excitaba en absoluto la idea de que la vieja pudiera escucharnos, pero sí mirar a Marta trastornada por su deseo. Sin embargo, tiempo después iba a advertir que esa fantasía absurda de Marta se convertiría inexplicablemente en propia. Porque el deseo es una construcción social y el placer y la excitación son puro mimetismo, dice el cretino de Octavio. Marta se preparó una muñeca y puso un disco, bajito. Se acostó boca abajo, con la alerta narcótica necesaria para comenzar el juego del muerto. Le desabroché la falda y le saqué la blusa. La tenía ahí en ropa interior para mí solo, sin prisas para pensar algo novedoso. Además de la música se escuchaban los ronquidos de la vieja. Entonces, sin prender la luz, Marta me pidió que abriera la puerta. Lo hice y luego la tomé del pelo con fuerza y la sometí hundiéndole la cabeza en el colchón para que no volviera a hablar, que no abandonara su papel de muerto. Los ronquidos de la vieja se oían con mucho más fuerza, era fácil que ella nos pudiera ver con sólo levantarse y eso hacía que Marta humedeciera las sábanas. La toqué con suavidad detrás de las piernas, subí la mano por las caderas, repasé con la lengua las nalgas e ingles y luego lo de siempre: un cuerpo a mi merced para el ejercicio de la violencia. Una violencia brutal pero en los límites del silencio. Entre sueños fingidos me dijo que la golpeara en la cara, que le pusiera en toda la madre. Dos buenas cachetadas retumbaron en el aire miserable de aquella casa donde alguna vez se desplomó el padre atragantado con su vómito. Y la noche corrió sobre nosotros con sus patas de lince, arañándonos, presionando el pecho, y el castigo siguió cayendo sobre las manchas de su carne morena, sobre los antebrazos labrados por la gillette de su adolescencia.

La Trompa es una idiota pero en algo tiene razón: la vida se reduce a sorber o hacerte sorber la tripa, rasparle el culo a alguien o dejarse raspar el culo propio, someter o ser sometido. Toda sociabilidad humana se reduce a la dominación, al poder, a veces de forma involuntaria pero casi siempre de manera consentida y gozada. Y Marta y yo éramos el ejemplo. Marta y yo teníamos contacto sólo con los del cine y con su madre y en todas esas relaciones establecidas alguien intentaba empalar al otro. Y Marta y yo buscábamos hacerlo más explícito con el juego del muerto, en que ella parecía ser la víctima de la brutalidad, pero donde invariablemente ella dominaba, imponía su deseo, materializaba sus fantasías, limitando mi presencia a puro instrumento de su placer. Cabía también la posibilidad de que nuestra relación fuese un constante espejo: yo me excitaba al verla excitada y ella seguía avivando su excitación con la mía. *Ad infinitum*, y quizá en ese reflejo estaba el secreto de lo que llaman amar a alguien.

La vida siguió aburrida, los del cine siguieron siendo unos simios degenerados y las reuniones en casa de Marta comenzaron a hacerse más frecuentes, con la puerta abierta, con la música bajita y la madre roncando en el cuarto contiguo; con el juego del muerto volviéndose transparente: el castigo al cuerpo, los golpes y suplicios como una rutina que si bien seguía causando algo de placer, ya no producía estremecimiento. En el cine, el vicio ya no era delicia sino hábito, automatismo, y en casa de Marta el tedio amenazaba con reemplazar el temblor en la espina. Hasta que un día, en la sala de parejas, Marta encontró la sacudida que andaba buscando. Yo estaba en mi silla pensando como ahora, mientras ella entró a la sala con el pretexto de limpiar los restos de comida que habían dejado unos clientes. Esa misma noche me contó que había visto algo raro, así dijo, "algo raro", que le pareció interesante. "Un hombre amarró como bestia, de brazos y patas, a una mujer. Le puso una bolsa de plástico en la cabeza, bien justita, y mientras se lo hacía por atrás, le jalaba con fuerza la bolsa, embarrándosela a la jeta para que no pudiera respirar". La mujer estaba inmovilizada pero intentaba patalear y gemía muy duro en cada arremetida. Había otras dos parejas que se acercaron a mirar. Después de un rato el hombre terminó y le sacó de prisa la bolsa a la mujer, quien comenzó a inhalar y bufar de manera incesante. Parecía una res. Ya tranquila, se despegó los pelos de la frente sudada y se quedó quieta, descansando junto a él. Las parejas regresaron a sus asientos, Marta dejó de fingir estar trapeando cerca de sus butacas y abandonó la sala.

Comenzamos usando una media de nylon de la vieja que le gustó a Marta por la textura. Era obvio que le gustaba que fuera de la vieja. Una vez que ya la había amarrado y amordazado, recorría su cuerpo con la media y luego la piel se le erizaba cuando le decía al oído que no intentara moverse o iba a valer verga. Después fue un cordón de bata de baño, también de la madre, y finalmente sugerí mi cinturón para apretarle el pescuezo. Walter Benjamin, en su libro perdido, *Historia mínima de la hipoxifilia*, además de asegurar que el primer caso de autoasfixia erótica se dio en la alta Edad Media y no a principios del XVII, propuso que la práctica no comenzó como un tratamiento para la disfunción eréctil como se cree, sino como un método practicado por los monjes para alcanzar la experiencia mística. Quizá algo parecido a los azotes y el ayuno que lleva a algunas personas al éxtasis. Según Benjamin, uno de estos monjes fue el primero en diseñar un largo cinturón de piel que apretaba el cuello por ambos extremos. Bastaba con que se jalaran o soltaran los extremos de manera simultánea y un mecanismo atoraba o desatoraba unas hebillas de metal, lo que modulaba la presión más rápido, no sólo para dar seguridad, sino para controlar mejor el tiempo de asfixia y así duplicar el placer en la víctima. Un instrumento novedoso para su época, pero muy fácil de diseñar. Un instrumento parecido fabriqué en las horas muertas, sentado en mi silla del cine. Y funcionó el tiempo que tenía que funcionar en casa de Marta. Se lo embrocaba al cogote luego de que ella me pidiera desfigurarle la cara con el puño. Y yo era un cordero obediente e incluso le daba más de lo que pedía: codazo en la nariz, patada en la boca, y ella lloraba bajito y me decía que nunca fuera a dejarla, y sus lágrimas mojaban las fundas de la almohada, y sus gemidos de roedor inundaban el silencio que la muerte del padre había dejado en la casa. Cuando la montaba por atrás me pedía que atorara el cinturón hasta el tope. Pero aunque en esa posición ella se contraía por dentro, lograba comprimirme y eyaculaba profusamente —ella decía que se orinaba—, algo faltaba. En esa posición yo no podía ver su cara, no podía ver el placer en esos ojos, el juego de espejos.

Ayer también cené en su casa. Esta vez la vieja y yo nos hartamos pronto de mirarnos la cara, de tener que conversar sobre Marta, lo que sucedía en el cine y sobre algún programa de la tele. Al poco rato le dije que debía irme y ella también se justificó arguyendo que, por salud, iba a acostarse temprano. Y luego se repitió la historia. Con las luces apagadas y la vieja dormida, entré sin zapatos y en silencio nos deslizamos hasta su cuarto. Marta siempre elegía la música, pero ayer fui yo el verdadero jefe de la casa, el padre resucitado que quería escuchar a Tom Waits y la "Carta de Navidad de una puta de Minneapolis". Le ordené que pusiera el disco y se tirara en la cama. *Hey Charly I'm pregnant and living on the 9th street/ right above a dirty bookstore/ off Euclid Avenue/ And I stopped takin' dope/ and I quit drinkin' whiskey/ and my old man plays the trombone/ and works out at the track.* Se tiró boca arriba y comenzó a fingir que ya no sentía el cuerpo, que ya no veía lo que yo hacía, y entonces me di cuenta de que yo ya no quería sólo jugar un rol, quería y podía ser su verdadero amo. No la acaricié, no la toqué vulgarmente, no la penetré como a ella le gustaba. Me dijo que sacara ya el cinturón, pero yo no le respondí con el puño en la cara, como ella habría deseado, ni siquiera le contesté con violencia. No la insulté ni torturé. Me quedé callado. No estaba dispuesto a seguir siendo su instrumento de placer; quería cumplir mi verdadera voluntad, ser el verdadero amo, el verdadero siervo de mi deseo. *Hey Charlie I think about you every time I pass a fillin' station/ Account of all the grease you used to wear in your hair/ Still have that record, Little Anthony and The Imperials/ Someone stole my record player now how do you like that?* Se quedó en silencio, un poco desorientada, quizá luego intentó pensar sobre lo que estaba ocurriendo, el motivo de mi actitud. Me dijo que si era tan puto como para no poderla cachetear y yo le respondí que hoy no tenía ganas, que hoy quería hacerlo de otro modo. Entonces le ordené que se quitara la ropa ella sola y Marta lo hizo de mala gana. Con un gesto le indiqué que se callara y luego la mandé recostarse boca arriba y abrir las piernas. Me subí e hice mucha presión sobre su vientre y pecho, comencé a penetrarla mientras la tomaba de la cara y pude notar en ella un fastidio más profundo que el tedio, un hartazgo muy hondo bajo esas muecas de aburrimiento ya conocidas. Busqué sus ojos pero ella miraba para otro lado, en silencio. Entonces bajé las manos a su cuello, lo acaricié y le dije que ya sabía lo que quería. Apreté un poquito para notar su reacción: sus ojos voltearon a mí y su cara se alumbró. Me dijo que por favor apretara más, que le hiciera el favor. En un momento de debilidad tuve la esperanza de que nuestros espejos pudieran seguir reflejándose. Por eso mis dos manos comenzaron a estrujar con mucha fuerza hasta hacer saltar las venas del cuello, hasta mirar el rojo que quería explotar dentro de su cara. Y así estuvimos un rato y vi cómo sus ojos comenzaban a desorbitarse. Y en medio de los ronquidos de la vieja, escuché de pronto la voz de Octavio en algún lugar de la casa. Pinche Octavio, nos había seguido y estaba ahora en la sala, quizá en el baño, riéndose como loco y cantando en voz alta: *Hey Charlie I almost went crazy after Mario got busted/ I went back to Omaha to live with my folks/ Everyone I used to know was either dead or in prison/ So came back to Minneapolis this time I think I'm gonna stay.*

RUIN SENDERO trujo mis piernas a este braço negro de playa, cargado de holandas, damascos y otros adobos. Podríase pensar que refiero a viaje torcido y desventurado, pero no. Más bien, cuento que, sobre lomo de serpiente de plata grande, se fizo serena la andanza. Serena porque ansí mi naturaleza es. Digo tal y podría decir dos o tres verdades más de mi historia, mas grande siempre es el apetito de la industria, como pudiera saberlo todo aquel que antes de mí, estuvo en mis pellejos, que es necesario que diga todo aquello que pudiera traer fortuna.

Hubo una vez que conocí de niño la comarca vecina y las caras de algunos de sus viejos. A mi arribo a ningún amigo vide. Con aquellos, cuando mozo, del mar pizqué también peces con lanceta, porque mis padres ansí lo quisieron. Porque un día zarpé con mi familia a estas tierras, y ellos fueron amigos que ficiéronme luz de algunos entreoscuros, misterios y faenas de la vida del pueblo. Supe ansí también de esta playa cercana y picado por su belleza y solitud, años más adelante estuve, por la calma y el capricho de vivir sin ayuda ni favores de personas. De vivir de la naturalcza en esta playa sin gentes.

Lo primero que vide de tarde, cuando puse puntas de plomo sobre la arena: dos maderos grandes reposando sobre faldellines de la bahía. Acerqueme para cosecharlos y comenzar con algo a anidar mi guarida. A anidar la vida propia. Con maderos, un belduque, palmas de platanar y lianas, tejime decoroso lugar a la manera nativa, aprendida de años mozos de las almas del lugar. Engendrele filo también a tres varas liadas y atravesé corazones de peces para merendar en hoja de banano. La noche luego mostrome sus argentinos lunares y obligome a darme al sueño. Ya oscuro, pernocté en mi nueva barraca pero mal signo despertome a la madrugada. Era un sueño empañado donde aparecíase la cabeça de mi padre y reprendíame por la nueva guarida tramada con pereça y mente atolondrada.

Después del desvelo, y al alba, surgí de mi guarida y vide el mar que era fiesta, hembra borracha, paños en el pernil y púseme contento de verlo regurgitar y escupir en cada arcada cadáveres marinos, salados frutos de Poseidón, y caminé también por la costa y alegreme de no ver cristianos, de nada haber de explicar a naide. Luego aburrime y sentime triste y convertime en Pan y púseme a cantar y mi voz fue amarga siringa contra espanto y soledá y defendime recordando: "ir y quedarse, y con quedar partirse". Mas sabía que un sonetillo vendido como consuelo ofensa es para el desconsolado, pues sonetear el mundo en lugar de vivirlo es grande pecado que no perdona el Capitán de nuestras vidas.

Fuime adaptando de a poco a las horas largas, al silencio, a los animales, plantas y calma de la playa. Aunque pecado podía ser, seguí cantando para escudarme del recuerdo como daga, y ansí un día, como sin quererlo, mi pecho lanzó con rabia el recordado canto que me hería:

> Esta cabeza, cuando viva, tuvo
>
> sobre la arquitectura de estos huesos
>
> carne y cabellos, por quien fueron presos
>
> los ojos que mirándola detuvo

A ese Lopico yo no lo pico, berreó con fiesta a mis espaldas voz de mozo pazpuerco, de jaranero bellaco que luego parecióseme como uno no tan mozo sino algo recio y menos malandro. Fermín hacíase llamar y presentose como villano de la comarca vecina. Preguntele de dónde sabía esos cantos y él respondiome que las buenas amistades gustaba de frecuentar, que si bien criado en la comarca, amigo era de las letras peninsulares. Semblante roto, desnudo torso y renegrido de sol, grandes barbas de sal marina espolvoreadas, dijo ser noble arruinado, de familia de Valdivia que a la playa iba de vez en cuando a pescar. Díjele yo que aunque mi presente de hidalguía era miserable, también algo noble alguna vez fui y que ahora sólo buscaba calma de la costa en solitud. Y respondiome luego algo ansí como "Coonio, ¿entoce de cuándo aquí en solitud estai viviendo?". Guarden, que acaso me equivoco y fuera la frase distinta. Bueno, poco importa, contestele y luego dos o tres simplezas más dijímosnos antes de que la comarca y sus gentes me invitara a conocer. Luego caminó hacia su piragua atracada en un codo de la playa. Subiose, remó y lo último que vide a lo lejos fue la manecilla zarandeando en el azul el pacto de la nueva amistad. Claro era que yo no estaba para amistades de un hidalgo de oropel y mucho menos estaba para dejarme ver de las gentes de la comarca.

Había de contar que antes de llegar acá, siervo fui del príncipe duplicado. Pero después de tanto tiempo, tuve arrestos para fuirme de la corte. Y aunque de sus mercedes no tenga más, risueño estoy de haberlo fecho, de haberme encallado en esta playa lejos de su soberbia. De fuirme de esas dos cabeças del príncipe siamés quien, fullero, usábame de heraldo de su perversión, emisario de su desenfreno. Cierta vez enviome a tierras bárbaras durante un par de años para tratar extravagantes negocios. Encomendeme a Dios antes de partir y despedime con lloros y jeremiadas de la familia.

Lozano aún, arribé a aquellas tierras conociendo de su lengua poco, obedeciendo los disparates de mi señor el príncipe duplicado, el siamés, a quien luego un tudesco buscaría satirizar en novela. Pero es aquel otro romance. Importa entonces decir que este de la piragua, igual que mi príncipe siamés, era amigo de las letras, pero a diferencia deste último, Fermín guardaba compostura y serenidad, despedía franqueza y sobriedad.

Esa noche, como las anteriores, pasela meditando en mi vida pasada en la corte, los sucesos que ficiéronme venir y mi futuro en la solitud de la playa. Asceta había sido nunca, pero si me lo pensaba con tiento, tampoco tan devoto fui de los hombres. Hogábanme fiestas y reuniones, mareábanme más de dos cabeças parlanchinas frente a mí. La solitud para el buen conversador es dura penitencia. Para mí en cambio, nada era. La compañía del príncipe desde hace mucho enseñome a estar solo. Tendime entonces sobre mi cordobán y cerré los ojos y apenas Morfeo tomábame de las manos, cuando la cabeça empachada de mi padre aparecióseme de nuevo como en visión de santo e igual que en aquella otra noche de garrucha, mosqueome el sueño y adoctrinome mohíno por mi necedad ginosofista, por el yermo en que quería yo permanecer. Que el melindre y la soberbia no agosten el poder de tu seso, díjome. Hijo, ándate con Fermín a conocer el pueblo y sus gentes, que el tiempo acá en solitud te convertirá en bestia, no tengas miedo de nada que yo sabré cuidarte. Luego desapareciose y desperté llorando de ira, con la presencia y los recuerdos todavía calientes de mi padre, con el remordimiento de no haberlo asistido en su lecho de muerte, de haber siempre pensado en su voz como en presencia ajena a mi sangre.

Antes hubiéralo tomado a chanza, pero ahora todo era distinto. Tenía miedo de dejarme ver por gentes de la comarca. Ellos harían preguntas y yo contestaría, interesados estarían ellos por mi procedencia, mis costumbres, mi razón de vivir solo en la playa y comenzarían los rumores y el príncipe podría enterarse y en un ataque de rabia haríame tornar a su corte. Pero de manera estraña yo estaba seguro que desde el pozo de la muerte, mi padre me cuidaba y como los sueños siempre me han iluminado la verdad, la idea de conocer la comarca comenzó a rondarme el celebro.

Los días siguientes agotelos tramando una piragua sencilla de varas, leños y bejucos y un remo también urdí con un madero tallado a filo de cuchilla. Después de deslomarme tanto, con industria poca y a redropelo, nació una trasijada barqueja vergonzosa y liada con descuido. Necio, embarqueme mar adentro en mi galeota mozuela, remé buen rato para probar su resistencia y alejeme mucho de la costa. A lo lejos, en lo que en principio pensé movido por devaneo de sol, creí devisar una pequeña ínsula de aves y galápagos crecidos. Acerqueme con tiento en la piragua para no estropearla con las rocas, y un poco tardo, una punta del remo tranqué entre dos dellas. Descendí y aseguré la piragua y dime cuenta que a devaneo de sol no debíase la imagen de aquellas aves corriendo como un gamo y esos galápagos monstruos, de torpe andar y ciclópeos huevos que de un mordisco podían troçar la mano del hombre. Me mantuve un momento lejos de esos grifos y caminé por la ínsula y corté algunas plantas que podríanme ser útiles para dolencias, el sueño y los placeres del paladar.

Como diminuta era, recorrí la ínsula en poco tiempo. Luego tireme a la sombra de una palma, lejos de las bestias y dormité hasta quel furioso y rubio rey dejara caer con apatía su dorada corona incandescente. Encorporeme y caminé rumbo a mi barca y lo primero que junto a unas yerbas vide metido profundo en la arena, fueron de galápagos algunos huevos frescos. Púseme de hinojos para mirarlos de más cerca y justo cuando quería meter una mano, del ramalaje los bichos brotaron y encaráronseme furiosos. Con cuchillas en los hocicos amenazábanme morder. Guardaban a sus crías, pero a pesar de su fuerza, eran tardas en ataque. Levanteme, saqué mi verduguillo y de un tajo corté la primera cabeça. De ese modo cayeron después dos más. Dejé que la sangre abandonara sus cuerpos mientras fraguaba una manera de llevarlas pronto a mi barqueja. Trepé el tronco del árbol que habíame antes obsequiado sombra y dél robé también grandes hojas de palma. Metí los pesados cuerpos de los galápagos dentro del cobertizo de palma, enredé luego las puntas de la hoja con lianas y otras plantijas trepadoras y quedome un macizo envuelto de carne y careyes. Otro morral de palma forjé para los huevos y con resistentes bejucos, todo el peso enrollado por la arena remolqué hasta mi barca.

Difícil parecía subir los bultos a la piragua. Fízelo con trabajo harto, cuando sólo un rayo de luz dejábase ver en el horizonte. Y luego mi patochada: casi sin luz, embarqueme con todo el peso en la piragua y remé y remé, rezando a la cruz para evitar el naufragio. Mas mi voz fue desdeñada y algunas leguas mar adentro, mis perniles sintieron el fúnebre frío del agua y supe que todo habíase ya torcido. Hundíase la barca y no había posible fuga. Una gansada vil acabaría con mi vida. Una azarosa manera de terminar. Azarosa como toda mi existencia. Dejar la piragua y echarse a nadar en las sombras era entregarse a braçear sin rumbo, merendado por algún siervo de Neptuno, maltratado por su tridente, despedazado contra las rocas. Permanecer con tal peso en la barca significaba naufragar en poco tiempo. Lo único que prolongaría el desastre era arrojar los bultos a la mar, aunque la sangre podría atraer a bestias. Fízelo. Rodé el embarazoso bulto de carne y carey hacia las aguas y con furia remé para alejarme del lugar. El otro bulto, si menos engorroso, también había de ser soltado. Dos huevos enormes permanecieron arriba, lo demás fue pasto de tiburones.

Seguí remando con necedad hacia mi playa, con agua a las rodillas, rogando por no hundirme. Pude mucho avanzar antes que la piragua cediera finalmente. Amarreme con un bejuquillo el bulto con los huevos a las butifarras, encomendeme a Dios y con calma pero mucho brío, nadé hasta que los braços comenzaron a hormiguearme y la alegría de la arena fízome cosquillas en los pieces. Di unos pasos que me supieron a hembra virgen, tireme en la arena y ansí permanecí, boca arriba, extenuado, todavía con los engendros del galápago colgando de mis butifarras, sin carne de carey ni piragua pero vivo.

Los días posteriores a mi sandez y a la clemencia que túvome Dios, consagrelos al estudio de los animales de la zona. Pero principalmente al pensamiento sobre mi vida en la playa, sobre mi mayor convencimiento de no volver a Palacio, mi resolución de nunca volver a la corte del príncipe duplicado y de jamás temer su pesquisa sobre mí. Y algo había cambiado con respecto a los días pasados. Y ese algo germinó de una tercera visión de la cabeça parlante de mi padre. Dormía y en medio del sueño, otra vez floreció la faz ya casi por mí olvidada y luego palabras iracundas brotaron de una hirsuta boca: Necio borrico, bestezuela atolondrada, insistes en vivir sin ayuda de hombres. De seguir ansí, pronto podrás rodearme con tus braços, jumentillo orgulloso. No pienses más en el príncipe quien, aunque tu morada pudiera conocer, sentiríase cohibido y seguramente fuiríase al mirarte acompañado.

Y tanto calaron las palabras de la cabeça parlante de mi padre, que la idea de encontrarme con Fermín para conocer la comarca y sus gentes, habíase vuelto mi única preocupación. Contentos nunca estamos: arribé a la playa de las gentes fuyendo, medroso de dejarme ver, y semanas después, buscábalas ya con ansias. Ocurrióseme de pronto navegar solo hasta la comarca, dar con Fermín y amistarme con las gentes, mas había fuertes impedimentos. Una buena piragua primero tenía que tramar, además, seguro no estaba de encontrar ahí a Fermín ni que las nuevas gentes de la comarca que de mozo conocí, fueran amistosas, ni que no informarían mi paradero a mi príncipe. Necesitaba llegar a la comarca y caminarla y intimarla con buen amigo. Por eso, el día que, regresando de pizcar algunas yerbas, encontré una piragua atracada cerca de mi guarida, harto alegreme y casi fize que las gotas de mis ojos florecieran. Vide luego a lo lejos, saliendo de las aguas, las barbas de Fermín, quien diome signo amistoso con la mano y yo regreselo. Envitome de sus peces y luego propuse yo adobarlos con guindillas, ajíes y hojasanta en salsa de coco. Prendimos el fuego mientras hablamos de esto y lo otro. Contome ansí de su familia noble y arruinada, explicó su gusto por las letras y describió la felicidad que la comarca, los días de fainas y fiesta, la pesca y los versos le traían. Comimos y luego dijo que debía regresar a la comarca antes de que el sol lo abandonara. Fiziéronme un nudo en el buche esas palabras, mas no díjele otra cosa que con Dios fuera. Arrepentime luego al verlo levantarse y despedirse, pero ya nada podía decirle, quizá veríalo semanas después y volveríamos a cambiar algunas palabras. Mas antes de irse, díjome que un día tenía que animarme a visitar la comarca. Díjele mordiéndome los labios que quizá en otra circunstancia. Luego quedose pensando un rato y propúsome acompañarlo aquel día mismo. En otra ocasión, contestele rabioso mientras la cabeça parlante de mi padre casi vía diciéndome: "Sabandija orgullosa, renuncia a tus melindres de mozuela, ¿acaso esperáis a que te rueguen?". Aun ansí, Fermín insistió amablemente en la invitación y yo luego, ya como quitado de la vergüenza, y también medroso de que no insistiera más, fízele caso a mi padre y subime con mi amigo a la piragua.

Llegamos a la comarca cuando ya el flamígero rey habíanos descobijado por completo de su bruñido manto. Descendí de la barca queriendo imaginar las formas en la oscuridad. Caminamos mucho por la playa, en las tinieblas, sin ver signos del pueblo. Sólo algunas tímidas luces de candil sugerían cuerpos abraçados, entregados al amor en la costa, y pronto yo mismo vime abrazado junto a otra sombra en la playa, como tiempo atrás en las penumbras de Palacio también estuve. Púseme triste, mas tales tristezas enemigas son en mi morada y helas combatido siempre con odio, por eso entonces odié a esos amantes como algunos también antes odiáronme cuando yo la amé, cuando a delicados placeres en alguna plaza, en algún callejón o comedero nos entregábamos. Pero nada vale ya la memoria. Para mí el recuerdo sólo enfadoso ha sido siempre, para mí el recuerdo más que felicidad, hame traído desgracia. Nada existe para el que sufre más que el horrendo vacío del presente y el recuerdo de la felicidad y la gloria pasada sólo aquel infierno engrandece. Por eso, es preciso odiar toda vieja gloria y recibir serenos el dolor del presente. Por eso urgente es odiar a los amantes que nos recuerdan que nosotros también gozamos una gloria pasada. Seguimos caminando Fermín y yo con pocas luces. "¿No oyes ladrar los perros?, verraco amoroso, larva romántica", interrumpió de pronto mis pensamientos la cabeça parlante de mi padre. Mas perros no había, sólo un camino negro por el que Fermín hacía mover mis pasos. Después de mucho andar y resistir el catarro de la voz del viejo, vide unas luces a lo lejos. Díjome Fermín que allí pernoctaría yo y que él regresaría a verme por la mañana. Golpió la puerta de la posada con mucha fuerça, despidiose con un gesto y continuó su camino en las sombras. No supe si furia o sorpresa hacia él era lo que yo sentía, sólo quedeme solo frente a la entrada sin saber qué decir pues no acudía una manera de actuar a mi celebro. Pero pronto del otro lado de la puerta una voz de hembra pidió pacencia. Abriome luego una moza aceitunada, de no mal ver, colgando unos dieciséis febreros sobre los delgados hombros. Al verme se estremeció y metiose luego para dentro de la posada sin ensalivar palabra. Llamele desde la puerta entreabierta pero no volvió. Esperé y luego decidime a poner un pie adentro. Cerré la puerta y vide la escuadra de un espejo grande, para mirarse todo el cuerpo. Púseme frente para ver qué causado horror había en la moris-quilla, mas el reflejo no mostrome ni mis jirones ni mis chamusquinas de sol ni mi barba desaliñada. El reflejo sólo mostró vacío. Nada. Un espejo que no reflejaba lo que hubiera enfrente. Asusteme y despúseme a tocarme la cara, la carne de los brazos, las ropas. Luego vínome más animoso un dolorcillo en el vientre que días atrás achaqué a algún mal frutillo marino. Harto temblé, mal sudor y calenturas recorriéronme y el sentido comencé a perder. La presencia de mi padre, el espanto de la moza, mi reflejo ausente y la fuida de Fermín, todo indicaba que mi cuerpo sin mí, tirado estaba en algún lugar. Que la vida se me había escapado en algún sitio, en Palacio, quizás en la playa o en el naufragio con los galápagos, que yo sólo otro fantasma era en este pueblo de sombras.

Por la mañana, la luz acuchillome dulcemente los ojos y hube de abrirlos. Un leve dolor en la mollera, cual resaca de juerga obligome a recordar: después del reflejo ausente en el espejo, nada más. Encorporeme mohíno y vide a mi alrededor. Una pieza humilde de posada, paredes mohosas y cadáveres de bichos en el suelo. Unos pocillos caldeándose bajo el fuego de los leños y un infierno sofocante, mayor que en mi playa. Otra vez el dolor en el vientre. Menester era fazer del cuerpo. Quise llevar al ventanal mis pasos, mas una terrible debilidad me detuvo. No escuché ruidos dentro de la posada ni en las calles de este pueblo muerto. Seguramente porque sordos son los fantasmas, porque ellos sólo sirven para ver y ser a veces vistos. Pero menester seguía siendo fazer del cuerpo, expeler los residuos, despedir la muñiga atrancada en las tripas, y hasta donde yo sabía, en los fantasmas no hay necesidad de fazer del cuerpo. Por eso quizás mi vida aún seguía conmigo.

En esos pensamientos andaba cuando la moceta tocó la puerta. Golpes apocados, como cuando se nos tienta la espalda con dulzura para no darnos espantos. Entrose tímidamente con las crines azabaches volando sueltas con gran encanto. Detrás della, una robusta mujer presentose como Amalia, señá del posadero. Pero platica niña que el señó va a decir que eres de pueblo, mostrando chacalunas encías riose la mujer. Yo sólo pensaba en fazer del cuerpo y Amalia con una sonrisa que más que amistad, reflejaba el sabor de la plata futura, del negocio, obligaba a la moza a platicarme. Engorroso asunto para ambos. La moza tímida y forçada a hablar, yo retorciéndome, buscando resistir el poder del intestino. Con gran sacrificio, mostrele rostro afable, calmo, mas en los interiores cara de león tenía o más bien, cara de león ya imaginábame faciendo. Bajo la lupa de la vieja, contome su historia toda. Imaginaos la apasionante historia de una moza de pueblo de quince febreros que ha salido jamás de su tierra. Asentía a ambas sonriendo como loco y apretaba los dientes para no cederle un espacio al intestino. Una gota de sudor perlaba ya mi frente y creía no resistir más el embate de la muñiga, mas un caballero cagarse no puede frente a damas. Por eso, en un discurso desordenado, turbado, un discurso de enfermo del seso, a la vez que escuseme infinitamente por la falta de atención a la historia y las risas nerviosas, expliqué un supuesto desequilibrio de bilis amarilla y otro revoltijo de humores y pregunté también el camino a las letrinas. Sorprendentemente, al escucharme no hubo gran espanto en sus caras, sino naturalidad. Olvideme del rendimiento con el que había amanecido y quedeme gran rato acuclillado en las letrinas con dolor en el vientre. Nada expulsé de mi cuerpo y el dolor agudizose. Cuando estuve de vuelta en la posada, caminar érame imposible. Un hombre grande y delgado, quien yo supuse era el marido de Amalia, el posadero, junto con su peón, un viejo mediano y garrudo, ensillaban ya una burra en que más tarde subiéronme para luego atarme a la silla, como si fuera yo una hembra robada. Púseme furioso cuando las bestias comenzaron a andar, mas el dolor impedíame mover. Sólo gritar y patalear de rabia pude como crío y, a lo lejos, desde el umbral una fermosa sonrisa burlona columpiose en el rostro de la moza.

Sin mucho trabajo bajáronme del animal en una miserable choza. Después de un rato de esperar en la puerta, un anciano aindiado salió. Saludáronlo con mucha caravana y éste respondioles con menos zalema y más reserva. Cruzaron tres palabras y luego despidiéronse de mí aquellos prometiendo regresar a la noche. No contesté. Ni fuerça ni ganas tenía. Acostome el viejo en un petate, tomome de las quijadas con fuerça y diome de beber jugo amargo de hierbas. Que no lo vomitara mandome, y yo repetí que facer del cuerpo era menester mas no podía y eso causábame gran dolor. Escuchele luego un sonido estraño con la boca, como de cría enbaljunada y sentome con rudeza en el petate frente a él. Yamaaalll, yamaaallll, ahyhyamalll, cantó con mal tono y el dolor fízose más fuerte. Yamaalll, ahyamalllyhaymall. Canta, ordenome, mas mi único deseo era librar mi cuerpo. Canta, furioso gritó el indio, mientras abofeteábame con unas yerbas. Busqué en la pieza un filo para sacarle los ojos, y a lo lejos, un corvillo vide, pero al querer alcanzarlo, mi cuerpo amachose. Desafinado y a la fuerça, terminé cantando ahyamallyamall, mas el indio ruin, nunca cesó de abofetearme con los cardos. Ayaamallyaamall, depravado sonido de morisco yogando cual verraco cusco. Ansí estuvimos un rato, hasta que se fizo para mí, dudosa la faz del indio. Felizmente mareado estaba por la yerba. Vídele las narices enormes, hasta el buche colgando, pero espanto no tuve sino risa. Toca la parte que duele, escuchele decir mientras el quiste elefantino revoloteaba frente a su boca. Púseme la mano en la barriga luego y dije "aquí". Preguntome el viejo por qué dolía la barriga. Por la muñiga atascada, contestele. ¿Y por qué no sale muñiga? Se ha encaprichado. ¿Y no puede convencer muñiga? Véolo difícil, desde la mañana ha estado ansí. Si sólo capricho, muñiga puede convencer, precisa tiempo, como cuando hombre encapricha. Distinto el capricho es del hombre, díjele furioso al indio infame. ¿Cómo distinto? Hombre y muñiga misma cosa, dijo con calma. Frente al jumentillo pensé en callar, mas lo boquilargo precisaba también quitarle. Pero antes de increpar su falta de seso y dirigirlo hacia los senderos de Hipócrates, interrumpiome rudamente preguntando si tenía memoria de algunos momentos de capricho en mi vida. Pidiome dibujarle tal situación con palabras. ¿Qué dibujo ve tu cabeza? Retorcíame por el dolor, mas también esperaba librarme pronto del indio para hacer por vaciar el mondongo. Por eso, con no poca industria, comencé a fraguar una historia de capricho. Sólo con una memoria cualquiera de mi niñez, acaso la historia por sí sola crecería y podría despachar al viejo: Véome de cinco años, caminando junto a mi hermana, ambos entre mis padres en un mercado. Cabeças de ternera víanme con ojos de sorpresa, ojos de una muerte inesperada, cabeças colgadas que envitaban a mi padre a yantar con ansia. Arquéeme de asco y pena por las terneras y díjele a mi padre que aquella era salvaje práctica y que yo no sólo carne de ternera sino carne alguna de animal comería jamás. Riose con gran gusto mi padre y díjome que mujerete parecía y aquella risa y aquella palabra irritáronme, y diéronme fuerça necesaria para en dos años no comer bocado de carne alguno, aun cuando el sabor, el aroma de la sangre, la ternura y suavidad seducíanme endemoniadamente. Falta de sesos y capricho puro, dije. ¿Por qué capricho tuyo y no culpa de padre injusto contigo?, preguntó el viejo maliciosamente y yo quedeme pensando y mientras facíalo, dime cuenta que debilitábanse las ganas de vaciar el menudillo. Acaso el pensamiento distraíame del dolor. Pero no es la carne lo que importa, dije. Matar un animal con las manos, un animal que se defiende, es natural y honroso para ambos, yantar su carne luego es cosa espiritual y bella y eso lo sé ya ahora, pero entonces ignorábalo y pena por la bestia muerta creía sentir, yaamaall, ayhamall, mas en el fondo, lo que causábame pena era mi condición esclava en el reino absoluto del padre, yamaall, ahyyyaaamall, mis guillotinadas horas por la espada paterna, la manera en que fuime amansando por él para luego servirle a mi príncipe siamés, a mi príncipe duplicado, dije y mientras decía aquello un pedazo de muñiga floreció por el ojo del culo. Esclavo siempre fui por no controlar la dirección de mi barca, de mi vida, para evitar responsabilidades. Con mi padre, las responsabilidades que el abandono de la mocedad y la rebeldía ante su dominio implicaba; con el príncipe, el compromiso que entrañaba combatir la locura y abraçar el juicio. Y la misantropía, sobre todo la misantropía, mitad orgulloso recelo ante la mirada ajena, mitad pereça y conformidad con la propia condición vasalla, misantropía siempre de virtuoso ascetismo maquillada. Dije esto último y luego vide brotar otro mendrugo de mierda y detrás dél tres más, macanudos, y sintiendo gran alivio y ungido hasta los pieces de olorosas memorias, residuos expulsados de mi vida, quedeme felizmente alucinado.

Terminé de fazer del cuerpo y luego el viejo diome baldes de agua para lavarme al tiempo que me advertía que para alejar por siempre el dolor de la barriga, necesario era desechar los residuos de mi vida pasada, la misantropía, la solitud y continuar mirando hacia nuevas encrucijadas, tornarme hombre distinto era menester. Sentime satisfecho y antes de largarme dile las gracias y preguntele por la morada de Fermín. Dijo haber escuchado jamás mentar nombre tal en la comarca. Luego diome un beso en la frente y dijo "ándate nomás, hijo".

Llegué a la posada antes de obscurecer y encontreme al posadero y a su pión ensillando la burra para ir a buscarme con el indio. Sorprendidos al verme de vuelta, preguntáronme por mi estado y yo respondiles que muy bien encontrábame, con la fuerça del Cid para tronchar un morisco braço. Riéronse creyendo que a gracejada referíame y yo, como tantas veces para no desafinar, callé. Luego apareciose la moza, quien, más tarde supe, respondía al nombre de Inés y acercose también su padre, el posadero, don Carlos, a quien pregunté por la morada de Fermín. Como el indio, el posadero respondió que jamás escuchado había mentar a Fermín. De cualquier modo, harta importancia ya no tenía el paradero de Fermín. Y como alada criatura, dormime aquella noche en la posada, con la calma del abandono de la muñiga y la fermosa cara de Inés remachada en mis ojos.

Y los días que le siguieron a aquella noche de espejismo, dediquelos a capturar la atención de Inés. Si los olorosos residuos de mi pasada vida estaban expelidos, era necesario con nuevas vivencias colmar aquel espacio. De la solitud alejarme. Acabose mi plata y serví de pión de don Carlos para pagar mis alimentos y pensión. Pude ansí acercarme aún más a Inés y romances y casidas cantarle, mas la moza era ajena a grandes letras y de mis versos burlábase con gusto harto. Soneto hermoso que alababa sus cetrinos cabellos y el nácar que al reír deslumbraba, fue mal pagado con mordaces comentarios. Pensé luego que tal ganábame por sonetear a ruda campesina y no abordarla de otro modo. Una noche, cuando Morfeo poníame sus braços sobre los hombros, apareciose de nuevo la cabeça parlante de mi padre y comenzó la monserga: "Parece que hijo no tengo sino rucio, empeñado ahora en apresar a la mora con coplillas de matrona coqueta. A esas campesinas concha encalabrinada, olor a sardina vieja, cantarles no puedes como a cortesanas doncellas. Poca confianza tienen en romanceros y hombres de letras. Para ellas, tales soneteros mujeretes, son incapaces de montarlas con descortesía. A estas hembras hay que seguirlas por el campo, cuando solos estén los caminos y embestirlas pronto por enfrente o con una tranca de pie sobre la yerba derribarlas para luego yogar hasta trabarse, hasta que muslos y perniles, tembleques de cansancio, como dos enrabiados tartamudos lenguaraces queden".

¿Sería aquella aparición de la cabeça parlante de mi padre un llamado de Palacio de mi príncipe duplicado? No lo sé, pero comoquiera, si yo no obedecía más las órdenes de mi padre, menos atendería los llamados del soberano. Tiempo hace que estaba decidido a fundar mi propio gobierno. Por eso, menester no hubo de embestir con fuerça o derribar a Inés de una calabazada. Díjele un día que no fuese cruel conmigo y que sus favores y encantos a mí dados, yo sabría con buenas obras corresponder. Fízose la imposible como casi todas las mozas de respetable cuna y buen ver y díjome que si los favores della deseaba gozar, debía entregarle prueba grande de amor. "No hagas animaladas, necio, si te pide prueba de amor, dale largas. Yoga primero, deshónrala, aléjate y verás luego cómo te buscará herida, y cuando suceda tal, tendrás tú el control sobre ella; una fermosa y morisca marioneta tendrás en tus manos", aconsejábame la omnipresente voz.

Doncella tan fermosa figurábaseme, que cada vez más difícil parecíame deshonrarla, por eso de mi mente borré las palabras de la cabeça parlante y quedeme a escuchar su propuesta. Pero, a mi pesar, la cabeça llevaba razón. Yo era un rocín, como tantos otros, que deslumbrados por la belleza de una hembra, mirar no pueden más allá de su carne, a quienes penetrar en su alma resulta imposible pues estórbanles los cueros. Doncellas que, a pesar de mecerse en la mirada de todos, poco transparentan porque su completo ser es siempre ajustado por los demás a su carne. Como algunos antiguos cierta vez pensaron: Si bella, *necesariamente* buena y verdadera. Y acaso lo saben todos, pero fuerças falten para resistir la seducción de la mirada, la fermosura, la fe y el arrobo que aquella beldad dales. Como tantos otros, fueme imposible resistirla.

Inés dábale de comer a los animales una mañana cuando escuchela decir que si favores buscaba della, era menester façerle regalo de carey salvaje. Pensé que, con buena barca, la empresa sería poco trabajosa, mas para recibir mejores favores della, decidí pintar su prueba temeraria, homérica. Contele cómo en mi viaje por la pequeña ínsula de aves y galápagos, navegué con una barqueja paticoja, luego aderecé la historia con vientos terribles, monstruos marinos bicéfalos, sirenas y hartos embusteros detalles de épica marina. Y luego la verdad, cómo algunas cabeças de carey gigante fize rodar y finalmente mi trabajoso regreso. Inés dejó la faena por un rato para mirarme a la cara. Preguntome con gravedad si mi historia aconteció en la ínsula cercana a la playa donde habíale yo contado que moraba en solitud. Respondile que sí y apenas la palabra hube pronunciado, una estruendosa risotada estremeció a las bestias. Botó sus avíos de fajina para reír con gula y yo quedeme, primero estrañado por no comprender mas luego mohíno porque aquella risa harto habíase demorado en el aire, como cuando se busca zaherir con voracidad. Cuando pudo sosegarse, díjome que hasta los niños de la comarca cazaban aquellos galápagos de la ínsula, que bestias lentas, pesadas y amigas eran del hombre, que seda y no sierras había en sus belfos, que babilla y no ponzoña en sus lenguas gorgoreaba. No, que el carey que ella quería, que los adornos y preciosidades galapagunos que ella anhelaba, no los conseguían los niños sino hombres que su vida se jugaban en otra ínsula menos amigable. Ciertos miembros de la corte de mi príncipe esta aventura hubieran juzgado temeraria, disparatada y ante todo de ordinario gusto. Porque melindrosos eran y delicados. No ansí mi príncipe. Quizá también a mi soberano, como al famoso hidalgo, de tanta lectura, habíasele secado el seso. Y mi decisión de aceptar embarcarme hacia la ínsula y sus peligros fízome pensar que el príncipe siamés estaba de vuelta, no sólo llamándome, mas escondido en algún lugar de la comarca, esperando el momento para saltarme al cuello.

Pero mantuve la calma y concentreme en tramar una buena embarcación, una barca simple, fuerte y liviana como aquella en que, según recuerdo, un tal Fermín fue el Caronte que condújome una noche alucinada al pueblo. Mas, ¿con qué paguele esa vez a mi barquero si no tenía una moneda bajo la lengua? Acaso como con Heracles, mi Caronte apiadose de mí y luego por los dioses fuera castigado. Acaso cobraríase a su modo más tarde. Sin darle mis motivos del viaje, preguntele a don Carlos si él podría ayudarme a tejer la barca para navegar a la ínsula de los careyes pata negra. Mirome sonriendo y explicome que, si un hombre solicitaba recibir los favores de doncella, todo el trabajo por mano propia había de fraguar. Que si fuera menester la ayuda de otro para la conquista de la doncella, del mismo socorro del hidalgo para la noche de bodas veríase obligado a recurrir. Y dijo luego que no es que Inés no hiciérale cascabelear el pecho, sino que a su mujer Amalia dábale a veces un poco lo quisquillosa cuando de incesto tratábase, cuando la honra, la sanguinolenta telilla de su hija estaba en juego. Reíme de la chanza y luego preguntele si podía al menos tomar su piragua de modelo para la urdimbre de la propia, y don Carlos felizmente contestó que sí.

Con ayuda de excelentes cuchillas y demás instrumentos superiores a los que en mi playa tuve para cortar, tallar, liar y golpear, pude de mejor modo remedar el modelo de la piragua de don Carlos. Dos semanas paselas tramando en paz una barqueja hermana en lo ligero y ágil a la de don Carlos, pero distinta della por su gran tamaño y humildes materiales. Y poca cosa más. Preguntele al pión del posadero la ruta a la ínsula donde escondíase el buen carey para ofrenda de doncella. ¿La ínsula de las pata negra?, ¿vos se embarcai solo?, preguntó casi con espanto. No vai poder llegar solo, y si llegai, no vai poder salir de ahí con su carne pegada al güeso, ¡y too por una moza!, díjome el miserable pión. Aun ansí, diome la ruta, bendíjome y a Dios encomendome. Menester fue besarle la mano cuando púsome en la cara la cruz. Fízelo con asco harto, porque es costumbre en la comarca que los piones, para procurarse buena ventura, mójense las manos con aguas de la vejiga, y déjenselas ansí, pegadizas y hediondas la entera jornada. Resistí pues las arcadas ante la cruz porque necesitaba del hombre otro favor: unas lancetas, un machete, algunas cuerdas, "y tal vez un yelmo de mambrino, gran zoquete", dijo desde algún sitio la cabeça parlante, pero traté de concentrarme en mis menesteres y no prestarle oídos.

Un día después de terminar de unir y reforçar los últimos maderos de la embarcación, vide caminando a Inés hacia la troja. Detrás della corrí y cuando viome a su lado, anunciele mi partida. Con grandísimos ojos moros y estupefacta boca, quedose pasmada. Claro era que no esperaba un estranjero se jugase de ese modo el pellejo por una morisquilla, si bien fermosa, natural de la comarca. Además de todo, habituada a las salvajes costumbres del lugar, siempre como hombre apocado habíame visto. Mas con mi anuncio, demostrábale quién era y quién podía ser yo. No dije más, despedime della con copete cabelleruno, bravucón y farfulloso y dirigime a mi pieza. Luego saqué mis arreos, caminé con ellos a la costa y montelos en la barcaza.

Habíame asegurado el pión que el camino en piragua sería largo y cansado para el braço, pero con remos de maderos livianos y un ritmo bueno en el braçeo, no sólo descansarían los hombros, también atracaríamos en la ínsula antes que el sol se metiese.

Y ansí partí, todavía muy de mañana, intentando suavemente remar, dirigir lento la barcaça para arribar con bríos a la ínsula, con necesaria fuerça para cargar las estaquillas y facer brotar el jugo malva de los monstruos de la ínsula. Y aunque muchas leguas la comarca separaban de la ínsula, placentero era embarcarse en una mar tan calma, donde la paz reinaba y no el peligro. Pensando yo en las amenazas que esperaríanme en la ínsula, en el avispero de ponzoña y violencia que terminaría acaso con mis días, decidí mejor a mi celebro traer momentos de felicidad, quizás los últimos. Y en mi mente varios se presentaron: casi todos con doncellas guardaban relación, mas en otros, aparecían amistades de mocedad. Y ansí, una pintura de mí con tudesca fermosa platicando retratose en mi cabeça. Y a partir de ese cuadro, como torrente, las circunstancias de su creación: una de esas disparatadas encomiendas de mi príncipe a la Germania, un trapicheo de palabras con ella en una posada, una invitación a conversar de esto y lo otro en una tasca, y un paseo por las calles y plazas donde dos historias forjáronse en separados planos. Y esa pintura lleva a otra: las blancas formas desnudas de la dama que también por ojos de morisco estraño en la posada vistas fueron con serenidad y el moro seco del seso o tocado por lo divino, que una historia también escondía detrás de sí. Los cabos de tres narraciones que tres íntimas vidas construyeron, por un puro narrarlas, amarrados fueron en una posada. Bella memoria, como otras pinturas que mi mente visitaron mientras acercábanme los dulces temblores de la mar a mis verdugos de la ínsula. Lamenté no haber pedido al indio viejo que curome los dolores de la tripa con sus brujerías, ponerme en contacto con la dama tudesca, si es que aún ella vivía. O más, por un momento pensé, pero digo pues, nada más por un momento, lamenté que el brujo con otra moza no hubiérame comunicado, moza menos agraciada, de la cual habíame alejado justo antes de llegar a la playa. Pero ese camino de la historia vedado queda ahora.

Todavía con buena luz, mi barca atraqué en un tobillo de la ínsula. Con mis armas atadas a la cintura, estireme para alcanzar una roca gigante con los braços. Amarré mi piragua, mirando hacia lados varios, para conocer de dónde vendría el primer ataque. Nada. Fize luego tierra y por la firmeza de las rocas monté a los peligros de la ínsula. En la cima vide natura pobre, verdura escasa, dos o tres palmeras y algún engendro suyo descalabrado sobre el suelo yaciendo. Verdad era que la ínsula comprendía vasto territorio, mas figurábaseme yermo. Harto tiempo caminé por aquel páramo, aguardando el ataque de los cuchillos belfos de las pata negra, pero entre más esploraban mis pasos, más convencíame de transitar en una ínsula ha tiempo desierta. Por un momento pensé en haber errado el camino y llegar a otra ínsula. Mas sólo dos ínsulas existían cercanas a la comarca: en la que naufragué la primera vez y aquella baldía, que los naturales habíanme pintado de sangre.

Seguí mis pasos por el lugar y de pronto, cadáver galapaguno vide sobre la arena. Más que carne muerta, diríase que hallé sólo la dureza del carey. Lindos colores, brillantes, áureos y argénteos mezclados con verde agua. Comprendí pues la fascinación de las hembras de la comarca por tales hechiceros objetos. Más adelante vide otros pocos, de esos y nuevos colores. Cosechelos todos y luego, bajo la sombra de una de las escasas palmas, con el filo de mi belduque, las conchas limpié de plastas, máculas, carne seca, tierra y suciedad otra. Arropé mi tesoro todo en dos mantos y dejelo bajo la palma. Precisaba pitanza, mas ansiábala de la tierra y no del mar.

Levanteme y proseguí mi andadura por el lugar en busca de algún bicho de tierra para apaciguar la tripa hambrienta, algún banano o incluso alguna culebreja o tarantela que a los naturales de la comarca aterraban y que yo podría con gusto yantar. Busquelas entre peñas y recovecos madrigueriles.

Nada hallé para yantar, mas en un lugar bajo la arena dos cosas estrañas vide. La primera, una pequeña caja de delicado material sobre el que rezaban cristianas letras: valproato semisódico y junto a ellas dos o tres niñerías más. La segunda, un espantoso libraco con las fojas inusitadamente unidas. *El idiota* titulábase, mas el nombre del autor era borrado por la edad y abandono del libro. A algún infiel, moro o judío, atribuírsele podría, pero después de un rato pensármelo, quevediano quise que fuera. Abrilo pronto y poco entendí de aquella lengua que a castellano aparecíase, pero que no lo era. Diríase más bien que asemejaba a un castellano mascado por rústico aborigen. Quevedo pues tenía que ser el que con harto ingenio, como a un idiota dejar quería a sus lectores. Y logrolo conmigo el caballero de la Orden de Santiago. Como vide que la noche disponíase a arroparme, sin yantar bicho alguno decidí devolverme a la comarca. La caja tomé y el libro y envolvilos junto a mi tesoro galapaguno. Subí todo a mi piragua y el mar apaciguado fízome navegar sosiego. Ahora era yo el que reía de aquellas bestias de la comarca que ante los peligros de la ínsula habíanse santiguado. Faltábame sólo descender de mi Babieca marina y como Rodrigo Vivar, el Campiador, por los naturales ser recibido con jolgorio.

Mas a la comarca llegué a medianoche y ni siquiera perros riñéronme. Aseguré mi piragua, incólume por las delicadezas del mar y arrastré mis careyes y cosas por el pueblo. Los candiles de la posada y de la comarca toda, apagados estaban. Toqué la puerta varias veces y esperé y esperé mas abriome naide. Tarde era, pero mis golpes sonaban en toda la comarca. Preguntábame cuándo brotaría de dentro la que fazíame jervir los riñones. Ni siquiera algún vecino protestó mi escandalera. Canseme de esperar frente a la puerta, ansí que en una esquina de la posada refugieme en mis dos mantos y dispúseme a recorrer la madrugada sobre los potros del sueño.

Con un dedo del blondo rey sobre la cara, abrí los ojos. Era de mañana y yo seguía en la esquina de un mesón, mas ni ahí ni en la comarca escuchábase ruido. Sólo las moscas y el calor tirano. Fuime a ver el corral de los animales, mas animales no había, sólo moscas. Y las moscas animales no son, sino fantásticos heraldos de la desgracia. Ni Don Carlos ni doña Amalia ni el pión ni mi enamorada. Inés, mi enamorada Inés, igual habíase andado con toda la comarca. Acaso las gentes todas de la comarca aliáronse para una gran bufonada, acaso recibieran ansí a los estranjeros, con una picardía que comenzaba con los encantos de una bella moza que proponía una temeraria muestra de amor en la supuesta mortal ínsula de las pata negra, donde galápagos terribles tronchaban perniles y manos y continuaba cuando el fatuo Ulises sin saber que sería escarnecido, regresaba con los villanos y éstos escondíanse en algún lado para luego saltarle sorprendiéndolo y armando gran jolgorio, magna fiesta.

Mas en vano esperé a los villanos con sus gracejadas y chanzas. Nunca apareciéronse. Nada más que calor y moscas. Por eso la comarca recorrí en busca de alguna seña. Frente a las chozas, las barracas y las casillas menos horrendas cierto olor de vida intenté olfatear. Ni un signo del hombre. Llegué hasta un canal que jamás había mirado y una burra amarrada vide. Sufría. Trújela conmigo y luego dime cuenta de que cerca del canal otros animales sueltos también había: dos borriquillos, algunas cabras, machos, vaquejas y tauros. Dejé a mi burra junto a ellos yantar a placer, seguro estaba que de aquella abundancia difícilmente apartaríanse.

Endemoniado tornábase el calor, por eso metime a una casucha junto al canal y sorpresa grande lleveme cuando al traspasar los leños que servían de puerta, sobre un catre a Fermín devisé tirado. Fermín, el que de arena, espolvoreadas tenía las barbas. Encorporose contentísimo y abraçome y besome las mejillas llamándome "loco hermano". Díjele gozoso, si bien menos efusivo, que alegrábame también yo de verlo. Bebimos pitalla salvaje y espumamos unas gallinas mientras contábame él de su vida en la comarca, de los cantos y poemas que había trenzado y luego díjome que sabíase uno que no era de los grandes, pero que de algún lado habíalo pellizcado, y que este canto con sabrosa maldad mordíale el corazón:

> No te lleves tu recuerdo.
> Déjalo solo en mi pecho,
>
> temblor de blanco cerezo
> en el martirio de enero.

Me separa de los muertos
un muro de malos sueños.

Doy pena de lirio fresco
para un corazón de yeso.

Toda la noche en el huerto
mis ojos, como dos perros.

Toda la noche, corriendo
los membrillos de veneno.

Algunas veces el viento
es un tulipán de miedo,

es un tulipán enfermo,
la madrugada de invierno.

Un muro de malos sueños
me separa de los muertos.

La niebla cubre en silencio
el valle gris de tu cuerpo.

Por el arco del encuentro
la cicuta está creciendo.

Pero deja tu recuerdo
déjalo solo en mi pecho.

Ebrios de canto y de pitalla estábamos cuando pregunté por el motivo de su fuida el día que llegué a la comarca. Contestóme que no fuyó sino simplemente alejose un rato y que luego viome tan amoldado a la vida en el pueblo que juzgó innecesario presentárseme. Preguntele por todos los de la comarca y él respondiome que allí vivido habían sólo un hombre y una mujer, que a punto de parir y muy enferma estaba, y quel hombre habíase aventurado hace tiempo a una ínsula a buscar carey y no habíase devuelto.

Pregunté entonces dónde la mujer moraba y él señaló una choza al otro lado del canal, no lejos de la suya, mas antes de adiós decir, insistióme Fermín que aunque la mujer no demandara favor, cumplir yo debía lo que juzgara necesario. Despedímosnos con un abraço y caminé hasta la orilla del canal y ya adentro dél, mis braços fueron remos que fiziéronme veloz atravesarlo. La agua súpole bien a mis pellejos aquel día quel rubio señor dábale azotes a todas las bestias de Dios con la verga de sus rayos. Por eso cuando del canal salí con las ropas mojadas todas, pensé en permanecer sin buscar secarlas. Caminé a la choza y llamé a la puerta. Como respuesta no hubo después de mucho tiempo, abrila sin dificultad. En un tendido en la tierra en medio del cuarto, una calavera morocha de vientre abultado vide. La calavera luego de mirarme largamente, preguntome por sus adornos galapagunos. Contestele que podía dárselos mas mucho tiempo no los disfrutaría. ¿Eso en tu mondongo es mi hijo? Sí, es tuyo.

Unos días quedeme en la choza de la calavera, en sus cosas ayudando, dándole de yantar para engordarla. Mas no engordaba y mal seguía. Fize un corral para los animales que había dejado pastando y luego de unos días, la calavera comenzó a aullar con fuerça harta y mientras chillaba, de sus entresijos vide florecer una calva cabecilla horrenda de escarlata toda pintada. De escarlata coloreado vide también su cuerpecillo. Fize lo que la calavera ordenome para quel cuerpo saliera y acaso también para poder defender su vida. Dile de yantar leche de burra pues páramo eran los pechos de la calavera, pues la calavera no fazía más que aullar. Un día mirome a los ojos y en esa mirada de golpiado animal supe quel favor se escondía. Meditelo varias jornadas y una de tantas, acerqueme y púsele las manos en el enfermizo flautín que tenía por pescuezo y con mis dedos apretelo y vide las venas saltadas, el carmín de la faz y los blancos ojos huyéndole a mis ojos y aquello trújome un cruel recuerdo o si no un recuerdo, un algo de familiar, mas ya no logró sacudirme tanto. Y luego ocurrióseme que una vez cometido un crimen, los otros solos llegan y que cuando llegan, uno sin culpas recibirlos debe y como al más querido de nuestros invitados.

Cargué la exangüe calavera hasta el canal, adornela con sus collares de carey y soltela a las caricias del agua, que hasta otra comarca acaso la llevara. Acaso no. Y regreseme a la choza por el mendruguillo de carne que de hambre bramaba y que había nacido como los demás para sufrir estas tierras yermas. ¿Había su vida de ser vivida? Cargué el cuerpecillo fuera de la choza y al canal llevelo también.

La muerte es amiga que a veces se abraça para ser ensueño, para convertirse en nada, blanco espacio, ni dolor ni goce, ausencia pura. En esas yermas tierras sin mujeres, crecería el cuerpecillo para darme compañía junto a los otros animales. Y luego los bichos y yo moriríamos y el cuerpecillo de nuevo solo, como cuando en el vientre de la calavera diose por vez primera al llanto. Era acaso el llanto señal de comprensión de las palabras del trágico poeta ateniense, quien en cierto lado sentenció que lo mejor es no haber nacido, mas si ya se vivía, mejor era volver al lugar de origen. Mas el lugar de origen verdadero, es la nada siempre. Por eso pensé que debía acabar con todos y con la vida propia después. Primero el cuerpecillo al agua, luego cuchillo a los animales. Un beso peguele en la frente al niño, después púseme de hinojos y hundilo en la parte de escasa agua del canalillo que sin embargo cubríalo todo. Él bajo el agua y yo desde arriba sostúvelo de los remillos y la cabeza y mirelo cerrar la boca y abandonar el llanto, parecíame que no para no tragar agua, sino para mostrarme su alegría por el viaje de vuelta a su lugar de origen. Y vide poco a poco cambiarle el color del cuero y vide sus carnecillas arrugadas, vide sus ojillos que no esperaban salir y aquello fízome pensar en los ojos de mi hermana, los mismos que bajo otra agua, cuando ambos mozos y también hogábamosnos, viéronme ansí. Resignación pudiera ser mas no es la palabra. Y luego los braços de mi padre que nos sacaron de la muerte. Una capa de agua separa los vivos de los muertos. Lo mismo siempre. La vida arriba, la muerte abajo. Fijeza pudiera ser mas no es la palabra. Perdíanse sus ojos. Tan fácil alzar los braços y fazerlo vivir, darle de comer a su dolor. Mi entendimiento decíame que al fazerlo, sólo regalaríale sufrimiento, mas a veces la mollera se atrofia, el juicio se pasma y es la sangre lo que cala, y es la propia bestialidad la que manda. Impulso pudiera ser mas no es la palabra.

A mi hijo saqué del agua sin conocimiento, casi muerto. Depositelo en la tierra, junto al canal y estrujé su pecho y su espaldilla golpié y dentro de su boca aire encajar pude con la mía, como alguna vez mostrome mi padre, y luego de un rato, aturdido y empitallado, abrió los ojos y comenzó el vómito. ¿Y luego qué? Luego fueme imposible acabar con su dolor y seguilo alimentando con leche de burra, cuidando que una bestereja no le picara, soportando sus berridos por las noches. Y habituámosnos a mirarnos las caras todos los días, sabiéndonos compañeros de las bestias, solos en ese mórbido pueblo en que comenzó a crecer poco a poco y mientras crecía, yerba enferma volviose. Lento y silencioso, creí que había nacido idiota. Mas idiota no era sino echado hacia adentro. Súpelo más tarde aunque Dios no me lo dijera. Súpelo porque sus ojos eran flamas del conocimiento. Y aprendimos a vivirnos uno al otro y enseñele a tratar bien la tierra, a cuidar las bestias y a cantar lo que de canto sabía. Pero él, huraño, cantaba poco, acaso porque creía que la vida para cantos no estaba.

Gustábale cuidar los animales, darles yanto y con las chivas folgar. Sabíalo yo de cierto porque vídelo hartas veces detrás del yerberío trenzando a la picona por las patas. Nunca nada díjele a mi rengo. Nunca díjele que lo quería. Pero sí quería a mi mudo, y acaso más queríalo por eso, porque poco habló conmigo, porque indigno resultábale, sólo para silenciar el silencio, de su boca expulsar ruido. Y yo respetaba eso.

Pero mi chivero bien hablar sabía, pues a la picona quedo al oído dábale algunas ternuras y mieles. Y la chiva entregábase gustosa a las palabras y dábale lo que mi mozo quería. Mas en el fondo, aquellos vocablos lanzados a los aires, indecorosos al mozo parecíanle. Viles, pues la sola empresa de la seducción carnal buscaban. Ruin también parecíale hablar conmigo porque las palabras entre nos reducíanse a los imperativos (lleva el yanto a las bestias, trai el agua), a la notificación de las acciones inmediatas (truje los leños para la noche) y a la invención de un relato oral para entretener al otro (cuando cruzaba el cerro, una bruja en los cielos vide...). Mas nunca, para ordenar lo que uno rumiado ha, nunca para darle fijeza al pensamiento y la esperiencia, nunca para dotar de forma a lo interior. Acaso porque, aunque lo contrario pareciera, en pueblos tan miserables y solos, lo interior en los sujetos existe poco, mas sí la necesidad de que las pocas almas allí, un cuerpo único y sociable, exterior sean. Pero ni siquicra esc pueblo enfermo pudo con la naturaleza de mi mozo y por eso, cuando mostrele cómo las palabras podían fijarse, quedose encandilado. Con una lancetilla, diole por raspar los árboles, la tierra y el cuero de los animales. Medroso en un principio, escribió fraseos bobos, "esta es la picona bonita", talló en el cuero de la chiva chillona, o jueguillos de palabras: "Gordo gárrulo, con gracia el grave garbo en tus grumosas grutas graba". Más adelante escribió cosas del tipo "un mozo a un árbol no se aparece" y luego concentrose en estrañas confesiones: "a veces cuando con mi padre hablo, siento que yo no soy yo, sino él y yo a un tiempo mismo y que sus palabras a ambos pertenécennos. Que palabras propias no poseo".

Y ansí creció mi rengo, repujando en cualquier lado estrañas frasecillas, siempre mudo, con sus letras acallando más al pueblo, serenando más la rabia contenida de su adolescencia, el sentimiento de saberse expulsado del mundo y las relaciones de los hombres, mundo y relaciones que desconocía mas paladeaba en las descripciones que yo hacíale: Que hay pueblos no tan lejanos con fermosas hembras para desposarse, que hay hidalgos que buscan mandarte, avasallarte, façerte su puta, y que preciso es, con el poder de tu braço, molerlos, degollarlos como pichones, tornarlos cuartillos de carne. Que en los grandes reinos siempre hay riquezas, ladrones, rubíes, aromas moriscos, engaños y mucho poder, que al final siempre termina faciendo mal, que si uno la felicidad busca, siempre alejarse debe del poder y que las únicas tres cosas que uno precisa traer consigo siempre son la honradez, el orgullo y un belduque bien afilado. Frases, frases que a mi mozo gustábanle mas no podíanle tornar el seso, porque con tiento las cosas rumiaba, porque era echado para adentro, porque sabía que su vida estaba en el pueblo de fantasmas y en ningún otro, porque intuía que la cura del sentimiento de estar solo, de escribir dependía y no de viajar a otros reinos y conocer a otras gentes. El opio de escribir y contarse desde un ángulo y otro, repasar y repasar la misma historia, la historia propia hasta adormecer el malestar, hasta que el dolor de estar solo, pudiera esfumarse y la serena embriaguez de vivir lograrse. Mi mudo muy temprano supo que casi toda la infelicidad de los hombres de no saber vivir sin compañía humana proviene y que escribir era aprender a vivir solo y ser feliz. No me lo dijo su boca mas sí sus modos de andar, sus maniobres, su complacencia con la vida en el pueblo enfermo y su nulo interés en conocer otros gobiernos, como yo habíale sugerido.

Cierta vez propúsele a mi rengo embarcarnos a la ínsula de las pata negra a buscar careyes, a pizcar con lanceta y red, para enseñarlo, porque mi mozo nunca habíase embarcado mar adentro, no conocía playa una, sino el canalillo del pueblo. Cualquier mozo de quince hubiérase enardecido con la idea de embarcarse, luchar con las pata negra y acaso vivir alguna andanza. Mas él sólo quería tallar frases. Negose bajo pretexto de terminar de reparar unos maderos del corral. Insistí amigable prometiendo grandes correrías con su padre. Díjome insolente que no quería salir del pueblo a viaje ninguno, que fuérame yo solo, si tanta ansia tenía de careyes. Dile una linda guantada en los cuernos mandándolo dc culo. "Salimos mañana al alba y no me hagas ir a levantarte", sentencié y envielo a acostar al corral.

Abrí el ojo y vide a mi rengo sentado frente al petate, con la picona entre las piernas, acicalándola, siempre en silencio. Quise oler alguna emoción en su cara. Furia ni ojeriza había, tampoco temor. Ya arriba de la piragua, harto costonos trovar el modo de enlaçar las pitillejas a los maderos. Finalmente pudimos y a remar començamos con brío hasta acariciar con los remos los pechos de la ínsula. Ni mal ni bien parecíanle sentar las aguas a mi mudo. Los vientos ligeros dábanos palmas en los lomos y mi rengo echado para adentro. Platiquele más de las pata negra y del filo de sus bocas que con un cariño eran capaces de tronchar un braço y saliveé en la memoria de los tonos de sus conchas y referile de los trastes, moblejas y adornos que de sus careyes podían facerse. Y mi mozo echado para adentro sin un sí o un no, una higa dándole todo lo que su padre pudiera decirle. Espumeando por la boca, ordenele subirse a la piragua y remar mar adentro para traerme peces con su lancetilla de tallar frases. Vide al rengo de gestos secos, sin amor y sin odio, desde las rocas penetrar la marejadilla, alejarse de mí, no con la falsa sumisión del esclavo que mira el momento oportuno para degollar a su amo, sino con la pura resignación de que la molesta obediencia, a veces el intercambio de palabras, menester eran para obtener momentos de solitud y escritura. Y en el medio de las olas, algunos ataques lanzó al agua y ansí estúvose tanto tiempo intentando y yo mirándolo pizcar hasta quel blondo rey de su mandrágora convidome y quedeme hasta el fondo dormido y en el sueño vime con dos cabeças en las manos. La una era la ya conocida del viejo y la otra no mostraba bien sus rasgos, mas aniñada pareciome. Alguien sugirió que no me aventuraría y entonces yo, bufo, lancelas al aire y dime al malabar con ellas y mantúvelas un rato ansí, por los aires, una arriba, abajo la otra, una arriba, abajo la otra, hasta que vide caer la aniñada al suelo. La cabeça del viejo sobre mi mano, al mirar aquella despedeçada por tierra, con desencanto escupió: "ni para un malabar es buena esta bestia". Y luego con la cara ardiendo desperteme, el cuerpo de tanto sol asado y el hondo letargo que tales sueños criminales dejan. Hinqué la mirada en el mar ya bravo, hacia donde había dejado a mi mudo y sólo vide su piragua patas arriba, mas ningún rastro de su cuerpecillo. Entonces súpelo y aun ansí dile braço hacia la piragua y dime a buscar al rengo tanto tiempo. Y después de tanto dar vueltas por ahí, hallelo entre las rocas, ensangrentado todo y con la cara desfecha. Tomelo de los hombros y arrastrelo hacia aguas poco profundas y claras cerca de la orilla, donde mi cintura ya imponíase a la espuma salada.

Menester es limpiar la cara del muerto para la despedida, por eso, como cuando nacido hubo, un beso peguele en la frente y hundilo en las aguas enanas y mis ojos desde arriba vieron la sangre huyendo de su rostro, aquel que era el pincel diluyendo su granate tinta en el ancho vaso añil de Dios. Luego pensé que dos veces habíalo castigado ya: cuando al nacer perdonele la vida y dejelo existir en aquel pueblo de fantasmas y luego, al darlc y quitarle el remedio para sobrevivir en él.

No tuve tiempo en ese entonces, ni he tenido hasta ahora de llorarle a mi mudo, pues diligencias mayores debía facer. Dejarlo bien limpito, darle mortaja y rezarle como a buen cristiano. Fícelo todo muit bon, y al amanecer preparé la piragua, subí a mi mudo, lánguido, fermoso y dimos marcha de vuelta al lugar de donde habíamos zarpado y mucho tiempo anduvimos, porque ansí lo quise, porque el último viaje lento sería con mi rengo. Lento y en silencio, un viaje echado para adentro, como hubiera querido que su padre fuera, ¿pero qué sabía el mudo de la vida de su padre? Y al atracar la piragua en el pueblo, todo mudado vide. ¿No oyes ladrar los perros, mudito?, dije y reíme en voz alta, mirando las antiguas casas de la comarca, donde alguna vez Fermín, el de las espolvoreadas barbas, introdújome a don Carlos, su mujer Amalia y la Inés, donde creía haber visto mi vida lejos de mi príncipe duplicado. Como era muy de mañana, no vide a naide levantado y ni quise verlos. Llevé a mi mudo cargando hacia donde había de estar el canalillo. Allí estaba mi corral y dentro dél vide a mis animales, mis borricos y gallinas. Sin pensármelo dos veces, descuarticelos a todos con método y prontitud, obsequieles una muerte digna, fízelos decorosos fantasmas para aquella comarca de innobles espíritus, escapadizos. Tras de acabar con ellos, acordeme que la picona habíase quedado fuera del corral. Estúvela buscando por todos lados hasta que regresé cerca de los cadáveres y luego de un rato de vueltas, vídela escondidita tras del yerberío donde siempre la trenzaba mi mudo, vídela tembeleque, sin poderse sostener en aquellas patas de algodón, aquel límpido cuero estremecido donde mi hijo talló sus frases, y vide también aquellos fermosos ojillos que reclamaban piedad, los ojillos de la única mujer que tuvo mi hijo. Abraçela largamente, acariciele lomo y patas y luego tomela con fuerça del hocico y con un machete un golpe limpio dile hasta el fondo del pescuezo, un corte tan piadoso y profundo donde único menester fue palanquearle un poco el cogote para desprender la cabeça.

Púseme de hinojos para recoger los restos de mi amor que por el ensangrentado suelo yacían y toda la carne animal junté, la de mi picona y la de mi mudo. Cavé un hoyo profundo y al fondo coloqué piedras y leños. Luego improvisé una olla de boca ancha con una enorme concha vieja. Dile fuego a la leña, vertí agua en mi olla y un revoltijo fize con toda la carne. Un caldo de muertos. Un caldo de mis muertos. Y al caer la tarde, puse mis labios en sus cuerpos por última vez y yanté sus carnes para apropiarme dellos y llevarlos conmigo siempre y confundir su sangre con la mía.

Tomé mi piragua y embarqueme hacia esta playa donde vide a Fermín por vez primera. Una playa, como dije, sin un alma y donde estaba decidido a acabar esta vida mía que siempre habíase reducido a equívocos, a palabras a medio comprender, a gentes que iban y venían y donde nada había sido verdadero hasta el dolor de perder a mi mudo, un dolor que brindome estabilidad, que púsome en una realidad palmaria, asible. Una playa que recibiome tras de aquella medianoche en que salí a hurtadillas de esa casa y miré hacia el cielo y vide cómo la luna de mí se burlaba con algunos dientes estropiados y luego enfermo de nervios, atcrido de miedo, entré a un mesón cerca de la Plaza y pedile al mozo que atendía, dejarme espumear unas salsas y diome también carne recia y un aguardiente que bebí y bebí para no pensar, aunque menester era fazerlo, aunque menester fuera decidirme entre acudir a Palacio y seguir siendo siervo de mi príncipe o fuirme y ser servidor de noble ninguno. Y como dije, ansí llegué a este braço negro de playa que volviome a acoger luego de adobar a la picona y a mi mudo.

Y aquí sigo sentado en esta misma playa, con ojos rojos porque no ha llegado el sueño, y junto a mí, entre mis cosas, miro aquella caja y aquel libro que en la ínsula de las pata negra hallé. Y frente al mar hay una cortina negra que impide pasar la luz y junto a ella, un espejo grande para mirarse todo el cuerpo y escucho las cautas voces de los que pagan sus boletos y a mi nariz la marejada lleva el tufo de los infectos frutos de Poseidón y miro a la Trompa hacer una mueca repulsiva frente a un cliente y parece absurdo que todo haya ocurrido apenas ayer. Marta acaso aún tirada en su cama todo azul su cuerpo, la vieja también tiesa en su colchón, boca arriba, todavía con la almohada sobre la cara, y aquella casucha revuelta, con los cajones abiertos, la ropa por todos lados, el ventanal roto, el pequeño cofre sin las alhajas corrientes ni el dinero: la coartada clásica. Recuerdo todo aquello y no pienso más que en mirar mi libreta: "Y en otro lado, la sangre de Bernardo, del Evgeny Kissin de Zacapoaxtla sigue cabalgando sin que 27 pueda domarla y quizá no valga la pena ya intentarlo, pero en los planes de 27 no está eso, nunca ha estado eso sino reparar la lesión, unir el hueso, coser la piel e irse a tomar algo". Leo y releo aquella frase, digna, según Octavio, de un pobre diablo como yo, de un maestrillo jodido de secundaria, un cortaboletos sin imaginación para concebir una mejor coartada. La de un infeliz que no puede más que especular un escape y quedarse esperando en su silla a que lleguen por él, a que ocurra algo, cualquier cosa.

Su majestad pone la música se fotocopia en
San Andrés Cholula

enero 2015